A ESCRITA DE DEUS

Wilson R. Theodoro Filho

A Escrita de Deus

Ateliê Editorial

Copyright © 2005 by Wilson Roberto Theodoro Filho

Direitos reservados e protegidos pela Lei 9.610 de 19.02.98. É proibida a
reprodução total ou parcial sem autorização, por escrito, da editora.

Dados Internacionais de Catalogação na Publicação (CIP)
(Câmara Brasileira do Livro, SP, Brasil)

Theodoro Filho, Wilson R.
A escrita de Deus / Wilson R. Theodoro Filho. –
Cotia, SP: Ateliê Editorial, 2005.

ISBN 85-7480-282-4

1. Contos brasileiros I. Título.

05-2111   CDD-869.93

Índices para catálogo sistemático:
1. Contos: Literatura brasileira   869.93

Direitos reservados à
ATELIÊ EDITORIAL
Estrada da Aldeia de Carapicuíba, 897
06709-300 – Granja Viana – Cotia – SP
Telefax (11) 4612-9666
www.atelie.com.br
atelie_editorial@uol.com.br

Impresso no Brasil 2005
Foi feito depósito legal

Sumário

Porcelana dos Oceanos Vastos	9
Os Poros	41
O Julgamento	47
O Caminho Inverso	51
Bursas	91
O Sabre Imperial	99
Gisela Gisela	119
Grãos	129
Trailer	133
As Placas Bachkírias	143
Gato na Vidraça	155
Vestidinho Negro	171
Guimba	187
Entreato	193
Cartas para *Westfallen*	199
A Escrita de Deus	213

Porcelana dos Oceanos Vastos

Dentre as várias vantagens decorrentes do ingresso na União Européia, o aumento da oferta de vultosas bolsas de pesquisa não era destinado a países periféricos como a Grécia. Assim, o arqueólogo e oceanógrafo Nikos Ioannidis obteve o apoio financeiro das Nações Unidas principalmente devido à sua formação universitária alemã. Até que essas bolsas não eram assim tão difíceis de conseguir, eu mesmo concorri a uma com o belíssimo projeto "Conjecturas sobre a Fertilidade Contemporânea do Solo na Região da Extinta Esparta". Infelizmente, venceram-me alguns franceses que planejavam estudar as condições climáticas ao longo do século XVII em Aachen, antiga Aix-la-Chapele. Foi uma derrota frustrante.

Não que eu realmente me importasse com as pesquisas do tio Nikos. Nós não nos víamos desde que eu tinha doze anos, não havia nenhuma ligação afetiva familiar. Na verdade, não havia uma família: tio Nikos e Dimitrios, eu, éramos os últimos Ioannidis sobre a face da Terra. Estou sendo dramático, o sobrenome Ioannidis é comuníssimo pela Grécia – mas éra-

A ESCRITA DE DEUS

mos os últimos Ioannidis dos nossos Ioannidis. Grandes diferenças ideológicas separavam-me de Nikos. Essencialmente, ele era rico e famoso, e eu, pobre, miserável, e, como se não bastasse, estudante universitário. Entretanto, estranhos eventos levar-me-iam a nutrir um profundo interesse pelo meu falecido tio.

No dia 29 de julho, às treze horas e dezessete minutos, recebi um singelo telefonema das autoridades cretenses da ilha de Spatha. Após confirmarem a minha identidade, Dimitrios Ioannidis (não era necessário repetir o meu nome aqui, mas eu gosto muito dele: Dimitrios soa tão imponente e Ioannidis, ah, que carga poética! Agradeço a sabedoria de meus pais na escolha de minha identidade), solicitaram a minha presença para depor a respeito do desaparecimento de meu tio Nikos. Eu mal me lembrava dele, demorei a digerir a notícia. Filho da mãe, estava tão perto e nem para mandar alguma lembrança ao seu único parente!

Não me deram grandes informações a respeito do incidente pelo telefone. Assim, meio que às cegas, viajei no dia seguinte para Iráklion. A experiência apenas aprofundou a minha crença de que as passagens aéreas deveriam ser cobradas de acordo com o tempo de vôo da aeronave. Um taxista fedorento, acho que era turco, levou-me do aeroporto até o porto. O restaurante de lá gabava-se de ser um legítimo representante da cultura alimentar local. Meu pobre estômago, acostumado com a rotina pizza e *Mac Donald's*, sentiu-se triste e vazio com a estranha carne enrolada em uma folha que foi o almoço. Não há necessidade de comentar a comida do avião.

Passei algumas horas no porto, esperando a partida do barco para Spatha. Decidi ler alguma coisa no meio tempo. O dono da banca de revistas, provavelmente um italiano, recomendoume as suas melhores revistinhas pornô, além de tecer imensos elogios ao time do Roma. Comprei o principal jornal local e

A ESCRITA DE DEUS

uma revistinha pornô. O jornal continha um desses horríveis suplementos sobre as próximas Olimpíadas em Atenas – quem vive em Atenas bem sabe o inferno que esse troço é; li-o todo, resignado. A revistinha pornô apresentava um enredo que podia muito bem ser caracterizado como pós-moderno reflexivo. A qualidade do texto e sua informatividade eram bem superiores às do jornal. O italiano entendia de seu ofício.

A viagem de barco foi bem tranqüila e aprazível, com a exceção de alguns insuportáveis turistas japoneses. Ah, esse povinho fica alvoroçado com qualquer coisa que vê: aparecia um pássaro no céu, saltitava um peixe na água, logo os outros passageiros tinham que escutar uma daquelas altíssimas exclamações formadas por vogais fechadas dos orientais. Dava vontade de arremessá-los ao oceano, quem sabe Posêidon não os devorava. De qualquer forma, o leve canto da maré e o balançar ninante do mar cretense traziam uma nostalgia argiva difícil de descrever. Acho que nenhum grego assustar-se-ia de ver uma mantícora voando selvagem entre as nuvens. Está no sangue, eu acho. Bom, pelo menos no meu sangue está.

Não era de bom-tom continuar a ler a revistinha pós-moderna na frente dos outros passageiros. Passei o tempo contemplando o mar e o céu. Quem vive em Atenas tem pouco tempo para fazer essas coisas. Por sinal, quando eu era criança, inventei de pintar uma cena marítima durante uma aula de artes. Infelizmente, havia apenas um tipo de lápis azul no meu pobre estojo de lápis de cor. O desenho saiu um grande borrão azul, indecifrável. A professora sorriu sem graça, disse que estava bom, e sugeriu que eu tentasse pintar um cachorrinho. Também não ficou muito bom, e minha mente infantil concluiu que os lápis de cor não serviam para pintar. O que, por sinal, continua sendo óbvio: nenhum grande pintor trabalhou com lápis de cor.

A ESCRITA DE DEUS

Alguma obscura causa natural fez a maré baixar terrivelmente quando nos aproximávamos do porto de Spatha. Tornou-se impossível adentrar o golfo e aportar; era necessário esperar que a maré subisse o suficiente para que o navio não encalhasse. Passamos a noite inteira em alto mar, aguardando a normalização do nível da água. Os japoneses, sem entender direito o que estava acontecendo, vociferavam estupidamente em sua língua ridícula e incompreensível. De qualquer forma, não houve muito o que fazer, e ninguém pôde dormir. Polidamente, chamei o capitão para uma conversa particular e perguntei-lhe se nós receberíamos o dinheiro da passagem de volta devido a esse irritante contratempo. O amigável homem respondeu-me que eu receberia o meu dinheiro de volta se não desse essa sugestão a mais ninguém. Recebi meu dinheiro de volta.

De manhã cedo, lá pelas oito horas, finalmente desembarcamos no pequeno porto de Spatha. Havia alguns atracadouros ocupados, mas a maior parte das docas estava completamente vazia. Uns poucos homens tratavam de varrer o local e animar alguns bêbados estirados pelas vielas portuárias. A decadência do local dava-lhe o aspecto de uma cidadela pirata do século passado. Irritava-me: gosto de piratas gregos, não de piratas europeus. Entretanto, a paisagem natural era muito bonita. A típica vegetação mediterrânea, as colinas verdejantes cobertas de oliveiras, o cheiro de sal forte, evocavam um espírito clássico pouco comum na península helênica contemporânea. Reconheci que Spatha possuía, ao menos, um imenso valor turístico.

Despedi-me do capitão e fui procurar a sede da polícia local. Não foi difícil de achar, era praticamente anexa ao porto (provável antro de bebedeira e rufianismo). Duas funcionárias de meia-idade, escriturárias, solicitaram-me que aguardasse a chegada do chefe de polícia. Chamava-se Liberopoulos, e tinha sido ele a encontrar o sangue no barco de meu tio. Curioso,

A ESCRITA DE DEUS

quis perguntar mais, mas as senhoras pediram que eu esclarecesse as minhas dúvidas apenas com o senhor Liberopoulos. Aquiesci, e aguardei, sentado e paciente, o oficial. Cochichavam ininterruptamente. Deviam estar falando de mim.

Às dez e vinte e oito da manhã Liberopoulos compareceu ao serviço. Cumprimentou-me efusivamente, tratando-me igual a um velho conhecido, e convidou-me a ir até a sua sala. O homem era razoavelmente enfadonho. Escondendo a dignidade burocrática por detrás de uma máscara de falsa amizade, o oficial contou-me os fatos relativos a meu tio todo cheio de sigilos e segredos. A estória era tão besta que podia muito bem ter sido narrada pelo telefone. Cínico, perguntou-me onde eu me encontrava durante todo o mês de junho. Irritei-me; asseverei que estava em Atenas, na faculdade. As listas de chamada e o testemunho de dezenas de pessoas poderiam confirmar minha afirmação. Sem graça, respondeu que não desconfiava de mim, e que meu paradeiro já havia sido checado pelas autoridades atenienses. Era tudo uma mera questão de praxe, decorrente do fato de que eu seria o principal interessado na morte de meu tio. Afinal de contas, eu era seu único herdeiro, e todos tinham conhecimento da boa condição financeira do arqueólogo.

Nikos Ioannidis chegou em Spatha na metade do mês de maio. Tripulava um barco particular totalmente modernizado por conta da bolsa de pesquisa das Nações Unidas. Logo após desembarcar, o eminente cientista apresentou a autorização do governo grego para levar a cabo explorações arqueológicas em volta da costa da ilha. Liberopoulos não sabia qual era o teor da supracitada autorização, e tampouco tinha conhecimento da natureza da pesquisa de Ioannidis. Acompanhado por uma pequena tripulação de três ajudantes (eram cientistas alunos seus), o oceanógrafo passava a maior parte dos dias vasculhando o solo marítimo próximo, utilizando-se, nas regiões mais pro-

13

fundas, de um pequeno submarino para um tripulante, especialmente desenhado para a coleta arqueológica no fundo do mar.

Nikos costumava fazer suas refeições em um pequeno restaurante da praça central de Spatha, e dormia no seu barco mesmo. Seus ajudantes alojaram-se em pensões próximas da zona portuária, mas sabe-se que os pesquisadores estavam procurando por uma casa espaçosa para alugarem. Todos descansavam nos finais de semana, e costumavam ausentar-se da ilha nesses períodos. Uma ou duas vezes um deles visitou o único clube noturno local, o obscuro *Haven*.

No dia dez de julho, quinta-feira, os cientistas folgaram antecipadamente, liberados, pelo que se sabe, pelo próprio Nikos. Os fatos tornam-se cinzentos a partir desse momento. Por volta do dia quatorze ou quinze, o senhor Laertes, dono do restaurante freqüentado por Ioannidis, notou com estranheza a ausência do costumeiro cliente. Dirigiu-se às autoridades policiais no dia dezesseis, e, na manhã seguinte, após tomar as devidas providências legais, o próprio Liberopoulos invadiu o barco do cientista. Encontrou-o vazio, contendo apenas os pertences pessoais e os equipamentos de pesquisa. Na cabine onde Nikos dormia, o oficial pôde constatar, estarrecido, a presença de uma grande poça de sangue espalhada pelo assoalho. Sobre a cama repousava o molho de chaves pertinente ao barco e suas portas. Não foi possível localizar o corpo do arqueólogo: aparentemente, Nikos havia desaparecido.

Tão logo outras devidas providências legais foram tomadas, abriu-se inquérito policial para investigar o desaparecimento do renomado cientista. Constatou-se que o sangue da poça era muito provavelmente de Ioannidis, mas foi impossível comprovar ou não sua morte. Inquiriram-se algumas testemunhas, dentre elas o senhor Laertes e os empregados do *Haven*, sem que fosse possível descobrir qualquer apontamento em relação ao destino de Nikos. Os seus três ajudantes não puderam ser encontrados de forma alguma – as suspeitas todas recaíram sobre eles. Entretanto, logo descobriu-se que tais homens também haviam desaparecido. O caso todo tornou-se um quádruplo sumiço (algum tempo depois dos eventos aqui narrados descobriu-se que esses ajudantes haviam sido assassinados por um cafetão ciumento, injuriado pela falta de respeito dos jovens).

Após uma semana conturbada, o magistrado local proibiu que fossem violados os documentos particulares de Nikos, impossibilitando a perícia do barco, e, principalmente, da cabine. Não era possível afirmar que se tratava de um caso de homicídio (ou coisa pior), e, portanto, tais procedimentos não eram cabíveis. Deviam, sim, prosseguir as investigações de praxe em casos de desaparecimento. O barco foi selado e proibiu-se o acesso da polícia. Todos os itens e objetos permaneceram intocados, pois apenas Liberopoulos esteve no navio, e, admitindo-se nervoso com a poça de sangue encontrada – pediu desculpas, eram pouquíssimos os crimes em Spatha –, não atentou para qualquer outro detalhe no resto da embarcação.

Portanto, eu, único herdeiro e parente de Nikos, fui chamado até Spatha para tomar as providências legais relativas ao desaparecimento de meu tio, após comprovar-se a minha clara inocência em relação ao estranho caso. O magistrado local permitiria que a polícia investigasse o barco se eu concordasse com a busca por escrito. Liberopoulos perguntou-me se poderia contar com a minha completa cooperação para a solução desse "problema".

Pigarreei, mantive-me em silêncio por alguns instantes, e disse que precisava dar um telefonema para Atenas. O oficial cortou a amabilidade anterior, e respondeu que não era possível telefonar da delegacia. Entretanto, eu poderia utilizar a estação telefônica, lá na praça central. Claramente Liberopoulos

A ESCRITA DE DEUS

temia o óbvio: eu iria falar com um advogado. Polidamente pedi desculpas para ir telefonar, e prometi retornar tão logo tivesse contatado a pessoa com a qual precisava falar.

Fui correndo até a praça central, percorrendo uma calçada de quadradinhos escuros bonitinhos. Devo admitir que não prestei atenção à paisagem em volta. Ora, a possibilidade de tornar-se rico acelera o coração de qualquer homem! Ó horrível mesquinhez humana... mas, ahhh, ele nunca foi um bom tio, e a sua fortuna resolveria a minha vida. Entretanto, havia uma espécie de mal-estar... A cidade era uma acrópole à moda antiga: o centro, a praça, era bem colina acima – deu uma canseira infernal.

Arfante, cheguei à praça central, um grande semicírculo delimitado pela elevação da colina. Havia uma livraria, uns dois restaurantes, algumas lojinhas, algumas casas, ruazinhas descendo a acrópole. Entrei apressado na estação telefônica, paguei a quantia necessária a uma telefonista de cor laranja e telefonei primeiro para Vassilis, um dos meus melhores amigos. Não lhe expliquei o que estava acontecendo, e pedi-lhe que procurasse na lista telefônica o telefone de algum advogado – qualquer um.

Telefonei para o bacharel, Doutor Amatidis. Tivemos uma longa conversa, relatei todo o caso de meu tio, e, jurando contratá-lo quando retornasse a Atenas, perguntei-lhe como seria melhor proceder, o que eu deveria fazer. Forneceu-me sua opinião clara e objetiva: não era possível provar que meu tio estava morto, portanto, tão cedo eu não receberia a herança. Nesses casos, depois de muitos anos, o Estado declara a morte legal do desaparecido. Aí sim eu poderia vir a receber alguma coisa. De qualquer forma, a estória toda era muito estranha: recomendou-me permanecer em Spatha por mais algum tempo, para ver no que tudo isso ia dar. O cadáver de Nikos poderia aparecer a qualquer instante, e seria interessante estar por perto caso isso acontecesse. Prometeu-me viajar para Spatha dentro de quatro ou cinco dias, após resolver certos assuntos urgentes em Atenas. Tinha grande interesse em representar-me, e não me abandonaria sem auxílio. "Esse oficial [Liberopoulos] deve estar com as chaves encontradas sobre a cama. Se você quiser, tem o direito legal de solicitá-las, já que não se trata, a princípio, de um homicídio."

Estava triste, não sei por quê. Voltei caminhando devagar para a delegacia, mas novamente não prestei atenção na cidade em volta. Lembrava-me de tio Nikos, sentia uma estranha saudade dele. Decidi acatar as ordens de meu recém-nomeado advogado. Permaneceria o tempo que fosse preciso até desvendarem o desaparecimento de Nikos.

Liberopoulos olhou-me angustiado, tentando descobrir quais teriam sido os conselhos do advogado. Vinguei-me daquele policial insuportável frustando-lhe a investigação. Ele teve que admitir a posse do molho de chaves de meu tio, e não pôde negar meu pedido de restituí-las imediatamente. Não que isso, àquela altura, fosse a atitude mais inteligente, Liberopoulos possivelmente recolheria boas pistas na embarcação. Entretanto, eu não tinha onde passar as noites em Spatha, e o barco de meu tio pareceu-me o hotel mais em conta. E, além do mais, eu não queria estranhos se metendo em assuntos familiares, usurpando prerrogativas que pertenciam única e legitimamente aos Ioannidis. Sou um grego turrão. Quase fui xingado e expulso a tapas da delegacia, mas, vermelho, o homem conteve-se.

O relógio avisava que já era hora de almoçar. Liberopoulos citara o pequeno restaurante na praça central que meu tio costumava freqüentar. Seria uma boa idéia conversar com Laertes, ouvir o que esse homem teria a dizer sobre meu tio. Eu estava meio que decidido a fazer uma espécie de investigação paralela

A ESCRITA DE DEUS

sobre o destino de Nikos: apenas coisas simples, como conversar com o pessoal do porto, ir aos lugares onde meu tio esteve, ler suas notas de pesquisa. Não que eu tivesse grandes esperanças de descobrir algo, mas como não havia mesmo nada para eu fazer em Spatha, pelo menos dedicaria algum tempo à família.

Subi novamente a colina até a praça central. Liberopoulos não havia dito qual era o nome do restaurante de Laertes, e havia pelo menos dez restaurantes nas ruas próximas ao local. Preocupado, vaguei procurando pelo estabelecimento correto. A idéia de entrar em cada restaurante perguntando se aquele era o restaurante do Laertes não me agradava nem um pouco. A lógica determinava primeiro checar os dois restaurantes do semicírculo central da praça. O menor deles, um prédio baixo de tijolos vermelhos, chamava-se "Pequeno Restaurante". Ri.

O lugar não era pequeno, era minúsculo, e estava completamente vazio. Sentei-me a uma mesinha redonda, pedi uma cerveja e pãezinhos. Laertes era o dono, o garçom e o cozinheiro do estabelecimento. Olhava-me de modo estranho, provavelmente devido à semelhança entre mim e Nikos. Quando pedi-lhe o prato principal, um cozido "especialidade da casa", o homem perguntou se por acaso conhecia-me de algum lugar. Não se lembrava de ter-me visto alguma vez no restaurante, mas eu lhe era muito familiar. Esclareci essa perplexidade relatando meu parentesco com Nikos e o motivo da minha presença em Spatha. Ele prestou-me condolências, lamentou o destino de meu tio, tratou-me como um cliente antigo. Praticamente almoçamos juntos: Laertes serviu duas porções do cozido (não era mau) para podermos conversar. O sujeito era bem simpático, mas pouca coisa esclareceu além do que Liberopoulos já havia dito. Meu tio freqüentava o "Pequeno Restaurante" diariamente, era um excelente cliente. A princípio, pouco estranhou a ausência de Nikos por um ou dois dias. Mas após quase uma

A ESCRITA DE DEUS

semana sem ver o cliente, achou de bom-tom comentar o fato com o inspetor Liberopoulos. Quando soube do desaparecimento, ficou muito triste.

Laertes era um bom sujeito; freqüentei o "Pequeno Restaurante" ao longo de toda a minha estada em Spatha. Infelizmente, o cozinheiro em nada aclarou o destino de meu tio. O porto era o próximo passo do meu plano de investigação. Localizei o barco de meu tio, um belo iate convertido em veículo de pesquisa, e deixei minha parca bagagem lá. Um estranho tremor corria pela cabine onde meu tio "desapareceu". Não sei porque parecia lógico que Nikos sumira de "dentro" da embarcação. As marcas de sangue haviam secado e lembravam uma borboleta pintada no chão de madeira. Alguns curiosos reuniram-se em torno do barco para saber o que estava acontecendo, quem invadia o barco do cientista.

Acalmei a fúria daqueles "portuários" contando toda a ladainha a respeito de quem eu era, e que, portanto, poderia entrar no barco. Satisfeitos, os homens me cumprimentaram e elogiaram a sabedoria de não permitir que a polícia interferisse nos bens da família – as coisas de Nikos diziam respeito apenas a mim. Passei algumas horas da tarde conversando com esses marinheiros. Não sei se devo chamar as pessoas que passam o dia no porto de marinheiros. Alguns deles possivelmente não são marinheiros. Infelizmente sou incapaz de encontrar um termo melhor para definir esses sujeitos. Nikos costumava sair do porto de manhã cedo com os outros pesquisadores, sempre por volta das oito horas, e voltava apenas às três horas da tarde. Navegava em círculos por volta de Spatha, e todos sabiam que o navio lançava âncora apenas quando era atirado às profundezas o mini-submarino de pesquisa. Em terra firme, o cientista várias vezes permitiu que as pessoas comuns observassem o submarino e explicava, de bom grado, seu funcionamento. As

A ESCRITA DE DEUS

escolas públicas locais até mesmo organizaram algumas visitas a Nikos e ao submarino, empreendimento este que alcançou vasto sucesso entre as crianças.

Tentei ser amigável com todos com quem conversei. Particularmente, eu desconfiava que algum cientista rival pudesse ter matado meu tio por desdém ou para roubar alguma pesquisa valiosa. A amizade dos homens que freqüentavam o porto podia ser de grande utilidade para evitar algum outro contratempo dessa espécie. Hoje em dia, pensando bem, compreendo que esse raciocínio não faz muito sentido (na verdade, ele é completamente ilógico), mas, droga, eu estava bastante assustado com aquela situação toda, além de que o cenário gótico do porto me dava um medo maior do que eu gostaria de admitir.

Entretanto, nada puderam me dizer a respeito do desaparecimento de Nikos. Eram pessoas simplórias, e o porto era um local bem vazio, tanto que nem foram marinheiros os primeiros a perceber o desaparecimento do cientista. Vários afirmaram que até tinham notado a ausência do pesquisador, mas supunham que ele estivesse descansando ou que tivesse viajado para Creta ou para a Grécia peninsular. Apesar da pouca informação obtida, até que esses diálogos foram proveitosos: invariavelmente vi-me obrigado a ouvir estórias e mais estórias sobre "o mar". Cada marinheiro acabava por relatar alguma experiência própria, normalmente de caráter "sobrenatural". A maioria era banal, mas havia algumas jóias a respeito de polvos gigantes, óvnis que naufragaram, sereias ao luar, touros míticos acorrentados que surgem uma vez por ano, as donzelas que montam esses touros, etc. Jurei um dia escrever uma coletânea de contos baseados nesses relatos populares. Os homens deliciavam-se com a minha rara atenção. Muitos me recomendaram não vagar pelo porto durante a noite: o local era tomado por personalidades pouco decentes e perigosas.

A ESCRITA DE DEUS

De qualquer forma, espalhei a notícia de que daria uma recompensa para as pessoas que pudessem fornecer alguma informação a respeito de meu tio e seu desaparecimento. Também não achei que isso fosse funcionar, mas como era sempre feito nos filmes e nos livros policiais...

A estada em Spatha prometia tornar-se uma epopéia insuportável. Logo não haveria mais nada a ser feito, e estava claro que eu não faria grandes descobertas sobre o destino de Nikos. Após não descobrir nada junto de Laertes e dos marinheiros, restava-me vasculhar as coisas de meu tio que estavam no barco. Finalmente saberia se ele era mesmo tão bom cientista como se alardeava Alemanha e Grécia afora. Tinha esperanças até mesmo de encontrar alguns marcos guardados em uma gaveta – mas isso não aconteceu. Por sinal, como está sendo desagradável redigir este manuscrito. É dificílimo para mim narrar os fatos seqüencialmente. Leio e releio o texto, julgo-o totalmente sem graça (uma voz de japonês ecoa cada palavra em minha cabeça). Imagino o inferno que vai ser escrever os contos dos marinheiros.

Jogado sobre uma cadeira havia um velho casacão alemão. Estava bastante úmido, mas não faço idéia de como tio Nikos possa tê-lo encharcado. Dentro do bolso inferior esquerdo encontrei um pequeno bilhete, uma folhinha de bloco de notas. Alguns rabiscos anteriormente compunham uma sentença, mas a água tornara incompreensível a mensagem escrita. Guardei o bilhete em meu próprio bolso e coloquei o casaco de volta sobre a cadeira. Imaginei Nikos vestindo-o: não fosse a tétrica situação, ter-me-ia borrado de rir.

Os documentos particulares de meu tio estavam espalhados desordenadamente sobre as mesas do seu escritório particular, anexo ao quarto. Provavelmente Liberopoulos não atentara para a exígua porta que conduzia até ele. Diversas folhas

A ESCRITA DE DEUS

estavam rasgadas, e seqüências inteiras de relatos de pesquisa haviam desaparecido. Aumentaram as minhas suspeitas a respeito de cientistas rivais. De qualquer forma, a maior parte do material era enfadonho: descrições do funcionamento de aparelhos (com destaque para o mini-submarino – havia praticamente um manual do usuário escrito por meu tio), minuciosos relatos das expedições diárias e das muitas pedras descobertas no fundo do mar. Aparentemente, a natureza das pesquisas de Nikos era arqueológica. Os vários ensaios falam sobre tesouros pertencentes à Academia de Aristóteles, supostamente perdidos num naufrágio próximo à costa cretense, quando eram transportados do Oriente Próximo para Atenas. Spatha era a quinta região explorada com o mini-submarino em busca de tais peças.

Embaixo de um imenso arquivário de ferro, achei os papéis mais interessantes deixados por Nikos. Eram breves anotações relacionando as descobertas recentes da pesquisa. Meu tio estava bastante empolgado, agora tinha quase certeza de que fora precisamente em Spatha que naufragara um dos barcos que transportava os tesouros de Aristóteles. Havia encontrado restos de estranhos incensos de coloração azul-esverdeada, vários vasos e ânforas de porcelana (jamais catalogados em qualquer outra parte do mundo) e uma gama de tradicionais símbolos funerais helênicos. Os relatos finais eram os mais intrigantes de todos. Sabe-se que Aristóteles colecionava os esqueletos de animais de várias partes do mundo, e pagava caríssimo a quem lhe trouxesse esqueletos exóticos e completos. Não raras vezes hábeis artistas, em geral egípcios, forjavam esqueletos fantásticos, acoplando partes diferentes de vários animais em uma só estrutura. O caso mais famoso é o de um centauro, praticamente perfeito, de falsidade quase imperceptível. Apesar de o filósofo sempre ser capaz de discriminar os esqueletos verdadeiros dos

22

A ESCRITA DE DEUS

falsos, ainda assim deliciava-se em adquirir as estruturas manufaturadas, como prova derradeira da incrível habilidade humana de reproduzir a natureza.

Nikos acreditava ter encontrado, dentro de uma urna no fundo do oceano, um desses esqueletos falsos importados do oriente. Os ossos haviam sido cuidadosamente removidos do solo aquático com o auxílio do submarino, e toda a equipe dedicava-se a montar as partes do esqueleto, carinhosamente apelidado de "Dummy". Parecia ser a junção de ossos humanos com os ossos de outro animal, talvez de pássaros, peixes ou répteis imensos. Quando os ossos fossem transportados para um laboratório especializado seria simples identificar quais os animais envolvidos e qual a idade do esqueleto em questão. Nikos refere-se a um desenho projetando o esqueleto montado (ainda incompleto) e aos imensos progressos diários na montagem da estrutura. Infelizmente, essa parte final dos ensaios estava faltando (talvez Nikos jamais a tenha escrito).

Não pude localizar nem os ossos nem a maioria dos achados relatados por meu tio. Encontrei apenas uns dois palitos que concluí serem os incensos azul-esverdeados. E, para minha grande surpresa, o mini-submarino também havia desaparecido! O local onde ele deveria estar guardado estava totalmente despedaçado e vazio. Milhares de hipóteses vieram à minha mente: cientistas rivais; ladrões que desejavam vender tais itens caros no mercado negro; os ajudantes de Nikos, desesperados em obter fama para si próprios ou dinheiro (não sabia ainda do triste destino dos rapazes). Concluí que, quem quer que tivesse feito aquilo, tinha levado todas as coisas desaparecidas do barco. Entretanto, não consegui entender porque o ladrão não levara logo todos os documentos, ou porque simplesmente não roubou logo o barco, ou afundou-o, ou tocou fogo nele, sei lá. Com a cabeça doendo, fui dormir só de manhãzinha.

A ESCRITA DE DEUS

Acordei bem depois da hora do almoço. Mal-humorado, tomei uma sopa no Laertes, que compreendeu bem a minha desolação sem incomodar-me. Depois do café de sobremesa renasci para vida. Agradeci ao bom homem e fui passear pela cidade.

Era um lugar belo. Pena que não andei muito, não estava bem disposto. Impressionaram-me os arbustos espalhados pela praça: suas minúsculas frutinhas tinham cor idêntica à dos incensos do barco de Nikos. Provei uma, que fez meu estômago revirar logo depois. Passou logo, mas fiquei desolado. Frustrado com tudo (queria ter visto o esqueleto; quem diabos compraria um submarino marcado com o símbolo das Nações Unidas?), fui ao único lugar que poderia fornecer-me algum alento: uma livraria.

Que local agradável. Um monte de livros juntos é uma visão mágica, que pode renovar o espírito de qualquer homem. Dediquei a maior parte da minha tarde a vasculhar por entre as infindáveis prateleiras geometricamente dispostas pela loja. Em certo momento, até mesmo a vendedora local começou a me observar, desconfiada, talvez achando que eu pretendesse surrupiar algum livro e sair despercebido. Não me importava; folheava calma e lentamente qualquer livro que me agradasse.

Interessei-me por uma certa "História da Mitologia Helênica – Mitos, Lendas e Contos da Grécia Antiga" de Harry Courflax. Suas gravuras eram muito bonitas, excelentemente bem pintadas. Entretanto, o livro tinha apenas 150 páginas. Uma das poucas coisas que tio Nikos me ensinou foi jamais comprar um livro de mitologia que não tivesse pelo menos 500 folhas. "Não pode ser sério. Tais livros são incompletudes que visam apenas enganar o não-especialista incauto. Não os compre" dizia ele. Tinha razão. Ora, a obra de Courflax nem mesmo explicava que o Zeus de Tebas não era o mesmo Zeus de Corinto. Pífio.

24

A ESCRITA DE DEUS

Devolvi o "História da Mitologia Helênica" para a prateleira, quando então deparei-me com aquela que é a maior obra-prima da literatura universal. Era uma magnífica, imensa, repleta de notas e comentários, edição de luxo do texto original da *Ilíada*. Apaixonei-me imediatamente. Lembrei-me de quando era criança – tio Nikos presenteou-me com uma edição de bolso da *Ilíada* (algumas vezes, já velho, em Atenas, comparei-me a Werther), que meu pai lia-me à noite antes de dormir. Reli-a milhares de vezes na adolescência, e em duas ou três oportunidades na Faculdade. A epopéia me fascinava. A *Ilíada* é uma daquelas estórias fantásticas, que, apesar de traduzíveis, só fazem sentido totalmente a um grego. A plenitude da *Ilíada* depende do idioma helênico – algo, parte da emoção de Homero, perde-se em outras línguas. Pode ser que um britânico julgue *Ulysses* de Joyce melhor, e que um alemão defenda a superioridade de *Fausto* com unhas e dentes, mas, para um grego, a *Ilíada* é insuperável (e melhor que *Ulysses* e *Fausto* em seus respectivos idiomas). Em resumo: a *Ilíada* é o melhor livro já escrito. E nem tente discutir, você provavelmente jamais a leu na minha língua.

Era uma edição bem carinha, custava em torno de trezentos dólares (o preço estava mesmo em dólar – assim como todos os outros livros da livraria – suponho que apenas turistas compravam usualmente lá). Era raro eu pagar tanto por um livro (ora, sou pobre). Mas lembrei-me de que possivelmente tornar-me-ia muito rico em breve. Droga, era a *Ilíada*. Regateei com a vendedora, consegui um desconto miserável de dez dólares (vagabunda insossa). Próximo ao caixa estavam expostos vários *souvenires* bonitinhos. Chamou-me a atenção uma pequenina reprodução de moedas de prata supostamente cunhadas durante a dinastia cretense dos reis Minos. Custou-me mais cinco dólares (a vendedora não se convenceu de que deveria dá-la de brinde).

25

A ESCRITA DE DEUS

Apesar da odiosa vendedora, saí da livraria satisfeito. Sentei-me em um dos bancos da praça para apreciar o meu recém-adquirido tesouro. Abri a esmo em uma página qualquer. Li o primeiro verso que apareceu: "Graves incômodos Zeus, toda noite, para eles pensava" (os leitores que estiverem lendo uma versão traduzida desse relato, ou seja, que não esteja em grego, devem relevar a horrenda perda de densidade que a transcrição do verso para seu idioma acarreta). Uma pequena nota remetia a uma infinidade de comentários extraídos de outras obras que trataram da *Ilíada*. A análise de Foustel de Coulanges sobressaía por captar a essência trágica do verso em questão.

Já próximo do escurecer, abandonei a leitura. A safada da vendedora nem mesmo colocou um marca texto dentro da *Ilíada*! Procurei pelos bolsos e encontrei o papel indecifrável do casaco de tio Nikos – utilizei-o de marcador. Pensava em ir novamente até o Laertes para jantar, quando topei com Liberopoulos. O policial cumprimentou-me, e, meio sem graça, disse:

– Desculpe-me por ontem. Creio que fui grosso demais com o senhor. Eu já imaginava que o senhor não permitiria que eu investigasse o barco de seu tio, mas, sabe como é, o senhor é homem lá da Capital, quem sabe tivesse uma mentalidade diferente. De qualquer forma, não me leve a mal por ontem.

Tranqüilizei-o, disse que estava tudo bem. Não sou de guardar rancor.

– Senhor Dimitrios, pretende fazer algo hoje à noite?

Não, não pretendia.

– Como prova de meu arrependimento, você não gostaria de ir comigo até o *Haven*? Haverá uma apresentação da principal atração deles, uma cantora chamada Lígia. Ela trabalha lá apenas há uns dois meses, acho. Rapaz, você precisa ver o que é aquilo. A moça é famosa, reveza entre o *Haven* e outras casas

A ESCRITA DE DEUS

noturnas por toda Creta. Eu diria que é a mais fina pérola dos mares cretenses. E tem uma voz maravilhosa, encantadora. Hum, não sei. Quanto é?

– Ora rapaz, você é meu convidado, eu pago tudo. Mas não se preocupe não, há algum tempo eu ganhei convites "perpétuos" após um nebuloso problema entre o dono do *Haven* e uma turista irlandesa de quinze anos – se é que você me entende... E então, Dimitrios, vamos lá?

Bem, eu não tinha mesmo muito o que fazer. A proposta de Liberopoulos não me atraía (nunca suportei casas noturnas), mas ele estava sendo tão gentil (ainda mais em contraste com sua atitude anterior), que não seria de bom-tom recusar o convite. Disse que sim. Perguntei a que horas eu deveria estar lá, onde era.

– A casa abre lá pelas oito horas. Só tem graça mesmo a Lígia, mas como não dá para saber a hora que ela vai cantar, a moça é dada a mistérios, temos que estar lá desde cedo. Quer saber, vamos jantar juntos, e de lá a gente vai para o *Haven*.

Droga, eu estava ansioso para continuar lendo a minha *Ilíada*. Agora não tinha mais jeito. Acabamos indo jantar no Laertes mesmo. Concluí que era mais agradável o Liberopoulos irritado – meu Deus, agora que éramos amigos, o homem desatou a falar que nem uma lavadeira ateniense. Discutimos (quer dizer, eu ouvi) sobre futebol, política, mulher, União Européia, turcos fedorentos, óvnis, a vida dele, a minha vida... Que sujeito chato! Provinciano. Ainda bem que ele insistiu em pagar o jantar, eu era seu convidado.

Fomos a pé até o *Haven*, por uma longa estradinha de terracota. Já estava escuro quando lá chegamos, uma construção pesada de médio porte, adornada por um imenso letreiro em néon contendo seu nome. Liberopoulos continuava a falar. Cumprimentou o dono, um certo Nereu, e o leão-de-chácara,

27

conhecia todo o mundo. Apresentou-me a eles, recomendou-me como um excelente jovem ateniense, sobrinho do cientista. Todos lamentaram pelo meu tio. O dono presenteou-me com dez ingressos, consumação livre, para o período em que eu estivesse em Spatha – uma pequena lembrança entre amigos.

Quando nos sentamos em uma mesa especialmente reservada para Liberopoulos, já havia um bando de idiotas folclóricos fantasiados, cantando falsas músicas tradicionais – parecia uma trupe de austriacozinhos retardados.

– Será que a Lígia demora? Rapaz, você precisa ver.

Liberopoulos continuou a sua ladainha. Estava particularmente revoltado com o fato de o Galatasaray e o Besiktas serem superiores ao AEK e ao Panathinaikos. Como podia, uma corja de turcos canalhas ter mais dinheiro e jogar mais bola que os gregos!? Isso era culpa dos dirigentes, corruptos malditos. Até a seleção da Turquia era melhor. Até a seleção! Mas nosso basquete é bom, tentei mudar de assunto. Grande erro. Liberopoulos começou a discorrer ininterruptamente sobre cada seleção de basquete da Europa. Tinha raiva dos EUA, claro. Cacete, era melhor essa Lígia apresentar-se logo. Mas a Turquia não tem basquete, alegrou-se o policial.

– Olha, rapaz, amanhã também tem apresentação da Lígia. Você tem que vir de novo, esse tipo de oportunidade não se perde. Então, aceita o novo convite? Vamos juntos amanhã de novo? Sabe, é raro ter uma conversa boa por aqui,... mas com você é diferente...

O policial encheu tanto o meu saco que acabei assentindo.

Lá pelas onze e meia da noite subiu ao palco a tal da Lígia. Que alívio. Todos a olhavam como se fosse uma deusa do mar. Devo admitir que não prestei muita atenção nela. Tinha um corpo bonito, longos cabelos negros azulados. Eu ainda estava meio enrolado com uma professorinha ateniense, pensava pouco em outras mulheres (putz, e eu nem a avisara de que ia viajar – provavelmente, naquele momento, eu já devia ter tomado um belo par de chifres). Liberopoulos e todos os presentes ergueram-se estrepitosamente: aplaudiam, assobiavam, urravam. Pareciam possuídos. Fui o único a permanecer sentado; estava amarrado à cadeira. Quando Liberopoulos calou-se, quando todos calaram-se, peguei minha *Ilíada* e reiniciei a leitura seletiva que vinha fazendo. Lígia cantava em inglês (onde foram parar as musas gregas!?), mas não sei quais músicas – quando leio, fecho-me para o mundo.

– Dimitrios, você não vai olhar não, cacete!! Olha lá, que maravilha!! Que voz!!

Respondi com um movimento inidentificável de cabeça e continuei lendo. Liberopoulos não reclamou mais, apenas olhava para ela, babando.

A apresentação acabou à uma da manhã.

– Que maravilha, hein? Como ela canta bonito.

É. Lígia saía do palco.

– Olha lá, olha lá, ela está olhando para nós dois, para nossa mesa!

E estava mesmo.

Caminhamos juntos até a praça central. Liberopoulos só falava da Lígia, mas ele estava um pouco diferente. Despedimonos na praça, já tarde da noite.

– Tome cuidado se estiver indo para o barco.

Fui andando vagarosamente até o iate de tio Nikos. O ambiente opressivo e escuro do porto foi crescendo um medo inexplicável em mim. Uma figura sinistra aproximava-se pela esquerda. Estaria armado? Seria um assaltante? Apavorado, cerrei os punhos caso fosse necessário lutar (nunca fui bom de briga, um marginal provavelmente me mataria facilmente). A fraca luz de um poste de querosene iluminou meu perseguidor

A ESCRITA DE DEUS

— era um jovenzinho franzino que estava no porto enquanto eu escutava as estórias dos marinheiros. O que foi, rapaz? (peguei a maldita mania de Liberopoulos)

— O senhor é o senhor Dimitrios?

Sou.

— Que ofereceu uma recompensa para quem soubesse algo a respeito do desaparecimento de seu tio Nikos?

Sim.

— O senhor Choutos pagou-me algumas moedas para procurar o senhor. Ele disse-me para avisá-lo de que tem informações importantes para o senhor.

E onde posso encontrar esse senhor Choutos?

— Ele está na taverna aqui perto, eu levo o senhor até lá.

Agora?

— Agora.

Fui correndo atrás do menino até um antro imundo de vômito e bebedeira auto-denominado taverna. Lá o rapaz mostrou-me quem era o senhor Choutos — um velho sujo de roupas surradas e longa barba grisalha. Dei um troco para o moleque e fui até a mesa onde Choutos esparramava-se.

O senhor é Choutos?

— Sou eu, sim.

Eu sou Dimitrios. O menino disse que o senhor tinha informações sobre meu tio.

— Sim, tenho. Há mesmo uma recompensa?

Há.

— Bom, houve uma noite em que eu estava muito cansado, e deitei-me num beco escuro para descansar os ossos.

Qual noite? Que dia era?

— Eu não me lembro bem. Mas foi próximo do desaparecimento de seu tio. Mas, bem, eu vi duas pessoas, rindo bastante, caminhando pelo porto.

A ESCRITA DE DEUS

Que horas eram?
— Eu não me lembro bem, mas era depois da meia-noite.
Uma dessas pessoas era o meu tio?
— Eu não tenho certeza, mas acho que sim.
E o seu acompanhante quem era?
— Eu não sei.
Era homem ou mulher?
— Eu não tenho certeza, mas acho que era mulher... mas talvez fosse um homem.
E o que eles estavam fazendo?
— Caminhavam pelo porto.
Estavam indo para o barco de meu tio.
— Eu não tenho certeza. É possível, mas eu não vi direito.
Sim. Bom, e?
— E o quê?
O que mais aconteceu?
— Ah, foi isso, eu vi isso.
Até fiquei com pena daquele velho bêbado. Ri-me, dei-lhe quinze dólares como "recompensa" pelas importantíssimas informações. Choutos olhou maravilhado o dinheiro estrangeiro — sabia que era valioso — agradeceu-me efusivamente pela minha generosidade, prometeu rezar pelo rápido aparecimento do cadáver de Nikos (ele até que entendia das coisas). Até hoje não sei se ele estava só bêbado e louco, ou deliberadamente tentou me enganar. Deve ter gastado os quinze dólares em álcool. Fui para o barco e dormi tranqüilo (Choutos merece uma estória só para ele nos contos dos marinheiros).

Lá pelas dez da manhã seguinte, fui acordado pelo mesmo rapaz franzino da noite anterior. Vesti apressado um roupão de Nikos (não ousei me olhar no espelho depois) e saí para vê-lo.
— Senhor Dimitrios?
Sim, que foi?

A ESCRITA DE DEUS

– O senhor Liberopoulos pediu para avisar que não vai poder sair com o senhor hoje, assuntos urgentes obrigaram-no a viajar para o continente. Mandou pedir desculpas.

Dei mais alguns trocados para o menino. Eu já esperava que Liberopoulos não saísse comigo novamente – tenho a impressão de que ele ficou achando que eu era viado. De qualquer forma, eu não queria mesmo ir novamente ao *Haven*, estava ótimo assim.

Entretanto, precisava ainda encontrar algo para fazer. Podia ler a *Ilíada* mais um pouco, mas não gosto de ler depois de acordar (apreendo pouquíssimo do que leio). Subitamente lembrei-me de que estava em um iate. Velejar pareceu uma excelente idéia. Não que eu soubesse velejar direito, mas aprendi um pouco dessa arte durante o colegial. Além do mais, o iate de meu tio era moderníssimo, praticamente não necessitava da intervenção humana. Procurei o mestre do porto para saber se não havia problemas em velejar sem alguma autorização particular. Infelizmente, não pude encontrar o homem, nem ninguém que me informasse – a região estava estranhamente vazia.

Ainda assim decidi velejar. Foi uma experiência bastante agradável, o barco fez praticamente tudo por mim. A pequena baía do porto de Spatha era muito bonita, larga, azulada. A vegetação das encostas era ricamente mediterrânea, muito daquele verde quente e opaco característico das terras argivas. Passei a maior parte do tempo encostado na borda do iate, acompanhando o ondular da água.

Grandes sombras passaram a acompanhar o iate. Imagino que fossem golfinhos, ou alguma espécie de peixe grande pacífico. Nadavam em espiral, lânguidos sem jamais se revelarem para mim. Pareciam seguir o ritmo sensual do leve marulho spathano. Engraçado, quando eu parava o barco para observar

32

A ESCRITA DE DEUS

a paisagem, meus acompanhantes também paravam, e ficavam nadando lentamente em volta do casco. Fofinhos.

Os meus recém-adquiridos amigos seguiram-me apenas até a entrada do porto. Suponho que as águas rasas não fossem do seu agrado. Aportei com uma facilidade maior do que o meu normal – estava com fome. Peguei a *Ilíada* (a hora do almoço sim era apropriada para a leitura) e dirigi-me novamente ao Laertes.

Pedi algum prato do qual não me lembro. Acho que estava gostoso. Enquanto esperava, lia a *Ilíada*. É fantástica a harmonia entre os versos de Homero. Dediquei-me à exegese de uma extensa nota relativa ao papel do mar nas obras do vate maior – várias eram as remissões à *Odisséia*. Puxei à força pela memória as passagens referidas, os perigos nascidos do próprio mar. As conexões de idéias relacionadas a Caribde faziam muito sentido. Jamais arrependi-me dos duzentos e noventa dólares gastos nessa edição encantadora.

Quando fui pagar a conta, encontrei os ingressos que o dono do *Haven* me dera de presente. Subitamente pareceu-me uma boa idéia ir assistir à Lígia. Na noite anterior, eu estava irritado com Liberopoulos, acho que só de birra recusei-me a prestar atenção à música. Ora, Liberopoulos a elogiava tanto, é bem capaz que ela realmente fosse uma boa cantora. Eu também queria era estar lendo a *Ilíada*, o policial praticamente forçou-me a ir com ele. Afinal de contas, quando eu não quero escutar algo – no caso, a lengalenga de Liberopoulos e a sua causa, a voz de Lígia – não escuto; "tapo os ouvidos com cera". Decidi dar uma chance à moça – e ela que cante bem.

O resto da tarde destinou-se à leitura da *Ilíada*. Minto, fui também à livraria (apesar de nutrir um profundo desejo de colocar aquela vendedorazinha – devia ter sangue turco – em seu devido lugar) ver se encontrava uma *Odisséia* – queria

A ESCRITA DE DEUS

compará-la com os comentários sobre o mar aos quais anteriormente me referi. Infelizmente não havia nenhuma, todas as
edições estavam esgotadas. Estranho, não ter uma *Odisséia* em
uma livraria para turistas. Tentei encontrar alguma forma de
jogar a culpa na vendedora, mas até eu percebi que estava for-
çando a barra. Mesmo assim exigi o telefone do dono da livraria – jurei que reclamaria pessoalmente com ele da falta de livros e do péssimo atendimento. Nunca o fiz, mas a vendedora
pareceu bastante assustada. É bom, para aprender a tratar as
pessoas direito. Só de vingança, aproveitei para roubar mais uma
daquelas moedinhas de prata; guardei-a junto com a outra.

Lá pelas oito e meia lembrei que tinha decidido ir até o
Haven. Encontrava-me totalmente imerso na leitura da *Ilíada*.
Quase desisti de ir, queria continuar lendo. Mas não, sou um
homem de decisão. Se eu disse que daria uma nova chance a
Lígia, tinha de ir assistir à apresentação de qualquer forma. Mas
levei a *Ilíada*.

Caminhar até a casa noturna foi bem mais agradável sem a
presença de Liberopoulos. Encontrei novamente o dono do local. Cumprimentou-me efusivamente, afirmou que qualquer
coisa era só pedir. O canalha provavelmente sabia que logo eu
seria rico. Não o culpo – é assim mesmo que as coisas funcio-
nam. Pedi o favor de uma mesa bem na frente do palco. Nereu
sorriu maliciosamente uma idéia masculina, e providenciou
imediatamente a melhor mesa do *Haven* para mim.

Lígia demorava a chegar. Não me importei, peguei a *Ilíada*
e comecei a ler. As pessoas em volta olhavam estranho para mim
– mas eu já estava vacinado, ora, vivo em Atenas. Acho que os
artistas que estavam se apresentando ofenderam-se um pou-
quinho.

A cantora adentrou o palco apenas às dez para a meia-noite. Devo admitir que Liberopoulos tinha razão. Ela era lindís-

A ESCRITA DE DEUS

sima. Perfeita. Alva pele branca sem sol. Olhou-me diretamente nos olhos, eu era o primeiro à sua frente. Lindos olhos azuis escuros ondulantes – cabelos longos azulados ondulando azul ondular, reflexos seus olhos azuis escuros.

Tinha a voz infinitamente bela – não entendo como não prestei atenção da primeira vez. Entretanto, começou cantando porcarias – Lara Fabian, Celine Dion, Madona. Ofendi-me. Se ela não fosse tão bonita, teria ido embora imediatamente. Eu não paguei por esse lixo! Mesmo escolhendo ficar, quis demonstrar a minha insatisfação com aquele acinte. Abri a *Ilíada* calmamente e comecei a ler. Folheei pelo Canto XXIV: O Resgate de Heitor. Desde criança, este sempre fora meu Canto favorito. Muitas vezes chorei emocionado junto de Príamo. Os versos contrastavam sua perfeição com as horrendas melodias cantadas. Pareceram-me os mais adequados para o momento.

E então melhorou. Lígia começou a cantar uma música dos *Smashing Pumpkins*. A principal diferença era que sua voz era infinitamente mais bela que a do Billy Corgan. Marquei a *Ilíada* com o bilhete indecifrável do casaco alemão, postei-a sobre a mesa. Prestei atenção, embasbacado.

> as far as you take me, that's where i believe [...]
> on a distant shoreline, she waves her arms to me [...]
> porcelina of the oceans blue
> in the slipstream, of thoughtless thoughts [...]
> porcelina, she waits for me there
> with seashells hissing lullabyes
> and whispers fathomed deep inside my own
> hidden thoughts and alibis
> my secret thoughts come alive [...][1]

---

1. Até onde você me levar, é onde acreditarei [...]
   Em uma praia distante, ela acena para mim [...]
   porcelana dos oceanos azulados

Porcelina of the Vast Oceans fechou a apresentação. Maravilhosamente, perfeitamente. Fiquei lá parado, sentado, imóvel. Os olhos fechados, contemplando o azul da música, o azul de Lígia.

Acordou-me a própria Lígia. Aproximou-se de minha mesa, puxou uma cadeira e sentou-se. Eu não percebia direito o que estava acontecendo. Perguntou-me:

– Então, que livro tão bom é esse que fez você não prestar atenção em mim nem ontem nem hoje?

Sua voz era dez vezes mais doce falada do que cantada. Empurrei-lhe o livro gentilmente.

– É a *Ilíada*. A senhorita já leu?

– Senhorita?! – riu-se.

Abriu o livro onde estava marcado com o bilhete. Deixou-o de lado – não o vi mais – e começou a folhear.

– Sim, já li, faz tempo. Qual parte você estava lendo enquanto eu cantava?

Corei, envergonhado. Até quis explicar, mas era melhor ficar calado.

– É o último Canto, no qual Príamo obtém a graça de Aquiles de reaver o cadáver de Heitor. É o meu Canto favorito.

Lígia folheou o Canto por mais alguns minutos. Fiquei até sem saber o que fazer. Fechou então o livro, e pediu dois *drinks* ao garçom mais próximo.

– Sim, eu me lembro; é realmente um Canto belíssimo.

Olhou para os lados; cruzou as pernas. Zeus!

na correnteza, de impensáveis pensamentos [...]
porcelana, ela espera por mim lá,
com conchas silvando canções de ninar
e sussurros penetrantes fundo dentro de mim
pensamentos e álibis escondidos
meus pensamentos secretos ganham vida [...] (tradução livre)

A ESCRITA DE DEUS

– Qual o seu nome?
– Dimitrios. Dimitrios Ioannidis.
– Você sabe quem eu sou, não?
– Lígia, não?
Ela sorriu. Chegaram os *drinks*.
– Dimitrios, você é de Atenas, não?
– Sim, sou. Por quê?
– Engraçado, eu achei que vocês "moderninhos" não soubessem mais como conversar.
– Como assim?
– Ah, deixa pra lá.
Segundo *drink*.
– Você gostou da última melodia?
– Err... muito bonita.
– Que bom que você gostou. Eu também a acho lindíssima. Cantei para você.
Ficamos até as três da manhã conversando e bebendo. Compartilhamos assuntos maravilhosos, belos, sensuais, azuis. Lembro-me de tudo, e são memórias melhores mais fortemente presentes em minhas emoções, mas prefiro não escrevê-las; não posso escrevê-las – sua voz ondula longa azul a minha alma. Lígia me encantou; Lígia me hipnotizou; Lígia me possuiu.
Ela mesma levou-me até o iate. Ríamos, abraçávamo-nos, beijávamo-nos, já amantes, eu apaixonado. Carinhos sôfregos próximo à cabine. O mesmo calafrio. Abraços deslizantes. As moedas caíram no chão.
– O que é isso?
Beijos.
– Moedinhas de prata.
Beijos. Lígia abaixou-se e pegou-as.
– São suas.

Guardou-as, sorriu. Beijou-me forte, penetrante, ondulante. Azul.

Risco de morte afogada. Um presságio salitre de morte impregnado na pele.

Fizemos amor deitados, lentamente, deliciosamente, azul. Nossos corpos ondulavam um no outro. O suor encharcávanos, sentíamo-nos salgados na boca do outro, na pele do outro. Lígia tinha o gosto do mar, o gosto da Grécia.

Quando terminamos, abraçados, entre carícias, Lígia sussurrou uma canção de ninar. Dormi como um aqueu homérico.

Acordei no dia seguinte com uma ressaca infernal. Lígia não estava mais ao meu lado. Preparei eu mesmo um café forte, para ver se melhorava. Ahhh, luz do sol maldita! Recolhi minhas roupas do chão, mas não encontrei minha *Ilíada*. Nunca mais a vi, tampouco fui capaz de encontrar uma edição semelhante em qualquer outra livraria. Ainda tenho um certo desgosto.

Passei duas horas com a cabeça enterrada no travesseiro (meu Deus, o que será que tinha naqueles *drinks*?). Os gritos de vários marinheiros forçaram-me a ir lá fora ver o que estava acontecendo. Imediatamente contaram-me a novidade: o corpo de Nikos, há poucas horas, aportara em uma praia próxima ao cais. Corri junto dos marinheiros até o local. Liberopoulos já estava lá. Cumprimentei-o e fui ver meu tio. Estava nu, seu corpo parcialmente devorado pelas criaturas marítimas. Eram várias as escoriações e ferimentos, alguns cortes grandes. Parecia que tinha sido arrastado sobre cascalhos. Mas era fácil de perceber que realmente tratava-se de Nikos. Observei-o por um bom tempo, os restos mortais de meu único parente. Desejava enterrá-lo o mais cedo possível. Fiz uma pequena prece junto ao seu corpo.

Liberopoulos aproximou-se e perguntou:

– Vamos levar o corpo para a autópsia? O procedimento de praxe, você sabe, procurar impressões digitais, causa da morte, analisar os ferimentos; trabalho técnico.

Não.

Nunca vi Liberopoulos tão vermelho.

– Ora, seu ateniensezinho de merda! Quer saber, vai tomar no cu! É disso que vocês sempre gostaram!

Liberopoulos foi embora irado. Ele que se danasse. Pedi gentilmente aos curiosos que se retirassem. Dei uns trocados ao menino para ir buscar os serviços funerários de Spatha. Chegaram logo, acertei preço, caixão, essas coisas. Eles guardaram o corpo em um local adequado, o enterro foi programado para o dia seguinte. Acompanhei o corpo até comprovar que ele seria devidamente preservado.

À tarde, encontrei-me com o doutor Amatidis, que acabara de chegar a Spatha. Contei-lhe tudo que ocorrera. Homem gentil, ainda mais levando em conta que tratava-se de um advogado, prometeu cuidar de todos os problemas legais da herança o mais cedo possível.

No dia seguinte houve o enterro, de manhã cedo. Poucas pessoas estavam lá. Eu, Amatidis, Laertes (chorou abraçado comigo longamente), algumas mulheres que eu não conhecia, Liberopoulos (mas não falou comigo, apenas apertou minha mão). Lígia chegou um pouco mais tarde. Imaginei que ela viesse – cumprimentamo-nos, mas não conversamos (acho que nunca falamos sobre tio Nikos; era desnecessário).

Permaneci junto à lápide até o anoitecer. Rezava por tio Nikos, rezava para tio Nikos. Acho que prestei-lhe as devidas homenagens que um parente grego merece. Quando fui embora, encontrei restos de incenso azul, muito perfumados. Guardei-os no bolso – tenho-os até hoje (alguns meses depois dos eventos presentemente narrados, percebi com certo assombro que nunca esvazio meus bolsos quando chego em casa).

Após todos os ritos funerários, lembrei-me de que me tornara milionário. Em onze dias, o doutor Amatidis desembaraçou-me das muitas questões legais referentes à herança. Homem fantástico, paguei-o regiamente. Todo o dinheiro estava ao meu dispor.

Amava Lígia. Fui até o *Haven* pouco antes das apresentações, e convidei-a para ir comigo em um cruzeiro pelo Caribe. Por alguns dias ela relutou, mas acabou, para minha alegria, aceitando. Comentou sorridente que encontraria algumas parentes distantes.

Foram três meses maravilhosos. Lígia era tudo o que um grego sempre quis de uma mulher. Fomos namorados, amantes, esposos, pelos quatro meses que permanecemos no Caribe. Jamais me esquecerei daqueles dias, do calor, do azul ondular da voz encantadora de Lígia. O mar caribenho, tão diferente e ainda assim igual ao Mediterrâneo. E Lígia, minha sereia, ao meu lado, ondulando dentro de mim. Dias perfeitos, azuis. Cruzeiro de sonhos insonháveis. Pensamentos impensáveis.

Pena que também havia japoneses.

Os Poros

Eu não me considero uma personagem adequada para esta estória. Por sinal, a etimologia do termo personagem é em si um mistério. É estranho que em nosso idioma, próprio de um povo machista caracterizado por séculos de domínio social masculino, uma palavra tão importante e fundamental como personagem seja um substantivo feminino. Nunca compreendi por quê, e admito que é estranho afirmar que eu não sou a personagem adequada.

De qualquer forma, fui forçado a atuar nesta estória, e sou a sua personagem principal.

Entretanto, não posso ser efetivamente considerado o narrador deste conto. Não seria possível para mim escrever sobre os dias recentes e tudo o que ocorreu. Ainda assim, o verdadeiro narrador coincidentemente escolheu contar os fatos sob o meu ponto de vista. Logo, as minhas falas devem ser consideradas a representação das palavras do autor, representações das minhas primeiras falas idênticas (a suprema ironia nessa arte).

A ESCRITA DE DEUS

Tudo começou em um dia chuvoso do outono. Era uma noite particularmente insossa, na qual a falta de ânimo combinada com o tédio e a preguiça transformavam qualquer atividade em um suplício (até ficar deitado era insuportável). Entretanto, era necessário sair de casa, fazer alguma coisa, arrumar um programa qualquer. Perscrutei o jornal de manhã cedo em busca de divertimento, interessou-me a estréia do novo filme de Magnus Eliostrom, consagrado diretor sueco (bom, pelo menos na Escandinávia ele era consagrado). "Os Poros das Galerias" estava sendo exibido pela primeira vez no país em uma dessas pequenas salas de cinema solitárias, escuríssimas *cult*, caracterizadas pela presença de tipos estranhos trajados de preto e casais pouco convencionais (aqueles pares que não se agarram durante o filme).

Particularmente não me considero um tipo estranho, mas tenho o hábito de volta e meia assistir aos filmes exibidos na salinha em questão. Assim, peguei o meu *Fiesta* e fui assistir a "Os Poros das Galerias", sozinho mesmo, num clima bem *deprê* de quem está sem amigos para companhia.

O filme era razoavelmente interessante. Nenhuma obra-prima da sétima arte, mas cumpria bem o seu papel de estória intelectual. Claro, era conteúdo demais para a cabeça do público ocidental do ocidente, e tive a certeza de que Eliostrom permaneceria consagrado apenas na Escandinávia. No máximo, talvez conseguisse atingir o *status* de filme *cult* (sinistras galerias tortuosas davam sustento a essa possibilidade). No dia seguinte, mantive algumas boas conversas sobre o filme e suas qualidades (as melhores foram aquelas com as pessoas que talvez viessem efetivamente a assisti-lo).

Sandra, uma boa amiga da universidade, ficou tão interessada pelos meus elogios a Eliostrom que decidiu me convencer a reassistir a "Os Poros" junto dela. "Ora, mas eu já assisti ao

42

filme." "E daí? Você não gostou? Pode ver de novo. Ah, vai, vem comigo?" Tanto Sandra me atenazou que acabei concordando em levá-la à sala de cinema solitária. Bom, pelo menos iríamos realmente assistir ao filme (penso em Sandra como um portal para novas experiências, que jamais poderia ser a experiência em si própria – coisa de homem, ela é feia).

Assistir ao filme novamente foi agradável, Sandra não era burra e fez alguns comentários bem pertinentes (lembrei-me de chamá-la para ver filmes "cabeça" desses a que se assiste sozinho). Entretanto, enquanto saíamos do cinema e comprávamos refrigerante, tive a nítida impressão de que, na primeira vez que vi "Os Poros", a personagem principal (inominado) saíra da galeria dos trens de Gotenburgo pela segunda escotilha, e não pela terceira, como acabara de ver junto de Sandra. Besteira, pensei. Durante filmes tão tensos e psicológicos, é difícil manter a atenção por horas a fio. Claro que eu havia apenas me confundido.

Entretanto, na segunda-feira seguinte, após a aula do professor Renato, juntou-se uma pequena roda para discutir Eliostrom (imagine o caráter elitista e nojento dessas pessoas reunidas). Carlos havia tomado a palavra, e elogiava o filme contrariando o cético Felipe: "Você está louco! Que é isso! Pô, olha só... e naquela hora que ele sai das galerias e observa as escotilhas com cuidado; pressente o perigo nas três primeiras e escolhe a quarta, correndo que nem um desesperado." Não pude deixar de intervir: "Não, Carlos, ele sai pela terceira escotilha." "Não, é pela quarta." "Terceira." "Quarta." Combinamos ir assistir ao filme juntos para dirimir essa dúvida.

Carlos e eu não somos tão amigos assim, e acabamos nunca indo assistir ao filme. Porém, a questão tornou-se inquietante. Ora, da primeira vez foi pela segunda escotilha, da segunda pela terceira, e para Carlos era a quarta. Como podia?

Eu precisava tirar as minhas dúvidas. Em uma sexta-feira vazia de programas voltei à sala solitária e assisti "Os Poros" pela terceira vez, prestando muita atenção.

"Ele [inominado] corria pela escura galeria dos trens de Gotenburgo, até parar de frente para as quatro escotilhas. A camêra focaliza acima do subterrâneo as sinistras possibilidades de destino do inominado. Ele observa cada uma das escotilhas com calma e escolhe a... sai correndo rumo à galeria seguinte, abandonada e repleta de ratos, por onde sobe à superfície por um bueiro, dando de cara com um bar cor marrom de nome sueco impronunciável." Bom, eu quase fiquei doido na hora. Tive a sincera vontade de chorar bem alto no meio do cinema. Tentei encontrar uma explicação razoável para a completa mudança do filme de uma sessão para outra. Devia ser uma estratégia promocional – tinha que ser isso. Secretamente, imaginei, fitas diferentes eram distribuídas em cada cinema, e eram aleatoriamente exibidas a cada sessão. Cada versão apresentava detalhes e situações ligeiramente diferentes, reforçando genialmente a mensagem central da fuga no fim do filme. Esse Eliostrom era do cacete!

Obviamente essa explicação não me convenceu de todo. Eu já teria recebido centenas de *e-mails* relatando esse truque do diretor. Mas, mesmo duvidando ser essa a explicação mais plausível e provável, ora, eu tinha o dever de assistir a todas as versões distribuídas.

Assim, escolhi um sábado ensolarado para passar o dia enfurnado na sala solitária. Pretendia assistir consecutivamente as cinco sessões de "Os Poros das Galerias", e anotar todas as variações de detalhes e tramas em cada uma delas, e escrever um artigo sobre isso depois. Comprei bastante refrigerante e chicletes e sentei-me no canto mais escuro do cinema, sozinho e concentrado.

"O inominado não entrou na galeria dos trens de Gotenburgo, mas percorreu os subterrâneos acima do solo."

"A trama agora era diferente, e, no fim, fugia-se para dentro da prisão."

"Dessa vez o inominado tinha nome, mas eu não me lembro qual, e os outros espectadores não comentavam esse nome entre si."

Não se tratava de uma campanha promocional, era algo terrível e inexplicável, e eu sentia que não podia simplesmente abandonar o cinema e ir embora. Quis ter Sandra ao meu lado, mas as personagens nas galerias não colaboravam.

"O inominado está sentado em um lugar escuro, e sabe que todos conspiram contra ele. Mas ele nada teme, pois viu no começo do filme em uma tela todos aqueles que podiam ameaçá-lo, e sabe como agir. Entretanto, permanece quieto, sem tomar nenhuma atitude."

"O inominado entra em um cinema fugindo dos terrores à sua volta. Ele olha para a tela, e vê um filme em que um homem entra em um cinema e vê um filme em que um homem entra no cinema..."

"O inominado sai da sala obscura de cinema e depara-se, estupefato, com centenas de escuras galerias."

O Julgamento

A solicitação de que o depoimento da testemunha fosse feito sem a presença do acusado foi prontamente aceita pelo juízo criminal como razoável e acertada.

No princípio da audiência fechada e apertada, o magistrado dirige-se à testemunha acuada, atentamente observada pelos bacharéis de acusação e defesa:

— Eu gostaria de avisar ao senhor que mentir em juízo é crime.

— Estou ciente disso, senhor juiz.

— Pois bem. Conte-nos então o que houve naquela manhã de julho.

"Bom, doutor, eu tinha começado a trabalhar naquele colégio há muito pouco tempo. A situação está difícil, o doutor sabe, e eu estava bastante feliz de ter conseguido aquele emprego de servente durante a manhã. É, eu queria mesmo é ter sido contratado como bedel (que eu acho ser a minha qualificação adequada, dado o meu grau de escolaridade), mas, tudo bem, eu precisava muito do salário e o colégio parecia ser um ótimo lugar, muito bem freqüentado."

– Certo... e o que ocorreu na manhã do sinistro?

"Era o meu terceiro dia no serviço, eu ainda não estava bem familiarizado com as pessoas, quero dizer, eu ainda não conhecia as crianças, nem os pais das crianças, eu mal sabia direito quem eram os professores. Um ou outro eu já sabia quem era, claro, mas eram poucos.

Estava no fim do expediente, alguns dos meninos já tinham ido embora, outros, na maioria meninas, brincavam no pátio de jogar amarelinha; uma ia pro céu, a outra pro inferno, a outra pro céu e outra pro inferno. Eu já tinha terminado meu serviço, e, apoiado no rodo, me divertia observando as crianças brincarem.

Há um banco defronte a esse pátio central do colégio, a amarelinha pintada com rígidos traços vermelhos.

Eu,... eu não sei de onde veio aquele senhor. Eu não o vi entrar pelos portões... mas, ele estava lá, seu terno todo negro, sentado no banco. Inconclusivamente, tinha os seus olhos fixos no jogo das garotas.

Eu fiquei analisando o moço por algum tempo, mas acho que ele não tinha me visto hora nenhuma. Seu olhar acompanhava fixamente uma garotinha branquinha, Leila era o nome dela, pelo que eu me lembro.

Pensei que talvez ela fosse filha dele.

Estava cansado de me apoiar no rodo. O senhor, ele não parecia... encostei o rodo em uma parede qualquer e me sentei no banco, ao lado do moço. Não achei que ele fosse se importar. E não se importou mesmo, nem sequer olhou para o meu rosto.

Acabei perguntando "Essa menina é uma gracinha, não? É sua filha?"

Então ele olhou para mim, e eu não pude, não pude mais... seus olhos, havia tantas coisas diferentes, algo como moscas

A ESCRITA DE DEUS

prateadas... desculpe doutor, eu não sei dizer não. Escutei-o em silêncio; sua voz era distante, tinha um sotaque engraçado."

– O que o acusado lhe disse, senhor Diego?

"Não, ela não é minha filha. Gracinha, você diz?... não. Eu me lembro da primeira vez que nós nos encontramos.

Curioso, eu observava a feiticeira nua no centro de uma cabana em Troyes. Utilizava aromas ridículos, suas ervas não prestavam nem para vermes, aqueles animais mortos nada mais eram que animais mortos, e o hexagrama no chão era mais apropriado para jogos infantis do que para qualquer ritual sério.

Seu canto me invocava, ou um de meus irmãos. Nós nunca íamos até os suplicantes. Mas eu era curioso. Sempre observava.

Eu era tão curioso.

E ela, tão linda.

Quando eu apareci diante dela, algemou-me com ferro frio, chicoteou-me, lançou-me encantamentos de prisão. Nada disso servia para nada. Ela nunca entendeu.

Ela me espancava e me mantinha fechado em seu casebre imundo. Exigia que eu satisfizesse os seus desejos: tornei-a rica, tornei-a poderosa. Eu era humilhado – deitava-se com quem bem entendia e obrigava-me a tudo observar. Eu sempre observava.

E eu a amava.

Uma única vez, apenas uma, eu a toquei; e senti sua pele no meu rosto; e compreendi.

Todas as outras vidas foram iguais. Quando ela foi ruiva, e quando ela foi negra, e tantas outras vezes, sempre foi igual. Ela não precisava me chamar, eu ia até ela. E ela repetia os mesmos gestos, até me acanhar em lágrimas.

Agora, hoje, eu a senti, seu perfume foi aspergido em meu corpo; eu soube dela, e vim até ela. Outra vez.

Eu deveria tanto odiá-la.

Mas não posso.

Não posso odiá-la. Jamais."

— O que houve, então? — balbucia o juiz, assustado consigo mesmo por não estar rindo da face do servente.

"Ele se levantou, doutor. Caminhou lentamente em direção à menina branquinha que tinha os pés próximos do número sete. Ele abaixou-se, sorriu para a jovenzinha, que também sorriu. Apertou sua pequenina mão entre as suas próprias, muito, muito maiores.

Ignorando-me, saíram os dois de mãos dadas, para fora do colégio.

Eu não soube o que fazer."

Foi estranha a sensação a percorrer os senhores que procediam àquele julgamento.

O Caminho Inverso

2º RELATO

Quando acordei, o lento abrir de olhos forneceu-me uma percepção das formas arredores unicamente lingüística. A permanência dos códigos comunicativos gravados no fundo de minha psique traz sérias dúvidas sobre a verdadeira natureza da linguagem humana. De qualquer forma, a ontologia dos objetos havia se tornado incompreensível, ou melhor, nem sequer chegara a existir um dia.

Posteriormente, compreendi que os rápidos mecanismos de apreensão da realidade utilizados pela maioria das pessoas, mecanismos apenas remotamente vinculados à linguagem, servem para simplificar a realidade psíquica e psicológica da humanidade. Se, como eu acredito, a possibilidade lingüística for uma inerência do espírito humano, a percepção imediata e ontológica da realidade torna-se uma via simples e fundamental de escapar de si próprio.

Trata-se, entretanto, de uma fuga menor: a troca da lingua-

A ESCRITA DE DEUS

gem pela ontologia apenas substitui o horizonte de possibilidades lingüísticas internas infinitas pela finitude de pequenas percepções metafísicas intuitivas e internas. Não há vantagem em abandonar um conjunto de possibilidades maior por um menor. Torna-se menos preso, mas o espaço da liberdade é pequeno em relação ao do claustro mais severo. A cultura perceptível humana é covarde. A verdadeira expansão da psique exige uma dissolução total, e não uma simples diminuição.

Eu estava posicionado horizontalmente, com minha extremidade superior esférica dirigida para o setentrião, com a parte traseira de minha estrutura corporal apoiada em um retângulo macio, razoavelmente acima da superfície imediatamente abaixo, devido a uma estranha estrutura de madeira que o sustentava. A situação dispunha-se no espaço vazio interno de um cubo branco, provavelmente contido em um cubo retangular feito de outros cubos retangulares de terra e água secos perpendicular à superfície da esfera redonda azul giratória disposta no vácuo. Ao lado esquerdo de minha estrutura corporal, havia outra estrutura corporal, caracterizada pela presença de longos fios castanhos em sua extremidade esférica e coberta de subprodutos sintéticos. As linhas de pele na parte frontal de sua extremidade esférica demonstravam uma espécie de aflição, ou medo.

Esse pequeno relato revela apenas parte da minha nova realidade perceptiva. É verdadeiramente impossível transcrever a quantidade de informações lingüísticas vinculadas à observação de um único objeto – eu poderia escrever quinhentas páginas apenas sobre a situação de uma caneta, e outras quinhentas páginas diferentes sobre a situação de outra caneta. A diferença de um único segundo em uma dessas observações alteraria o relato – uma observação estendida no tempo tende a produzir reflexões infinitas.

A ESCRITA DE DEUS

Assim, parece-me que a redução ontológica seleciona uma pequena parte da vastidão qualitativa de um objeto e a imediatiza em uma única palavra, que se torna um vínculo automático e irracional a essa espécie de núcleo qualitativo mínimo. A quantidade de informações obtidas por meio de uma observação unicamente lingüística é estonteante e assustadora. Provavelmente as severas dificuldades de comunicação decorrentes desse método perceptivo (a linguagem mais profundamente enraizada no espírito, particular e único) levaram os homens a abandoná-lo em prol da ontologia.

É possível perder-se no mar de informações lingüísticas; não raro, desaparecem os objetivos e as intenções após algumas horas de intensa atividade perceptiva. Entretanto, a percepção lingüística permite entrever possibilidades maiores do que a ontologia oferece – pode-se não lembrar de qual é o objetivo, mas sabe-se que há um objetivo. Deseja-se a fuga. A "vida fácil" da ontologia desestimula a busca pelo "não-eu", castra o anseio de escapar de si próprio. A lingüística torna a compreensão de um único verbo praticamente impossível – é necessário abandonar o espírito humano.

Sentir-se escravo e prisioneiro de si próprio não é uma idéia simples. A escolha óbvia é a ontologia, o esquecimento da natureza complexa, a imposição de uma pseudo-natureza imbecilizada. Uma vez que a ontologia não efetiva a fuga, a linguagem ainda permanece – mas esta perde seu papel fundamental de mecanismo de compreensão da realidade, transfigurando-se em mero aparato de comunicação. Irônico que, mesmo no meio do império ontológico, ainda é a linguagem que orienta a busca exterior (pois a ontologia nada mais é do que a negação da linguagem). A opção humana é compreensível. Mas não é aceitável.

A mulher ao meu lado afagava a minha fronte, e chorava. Eu não fazia a menor idéia de quem ela era. Tentei falar-lhe, mas foi-me impossível organizar o raciocínio em uma sentença – minha simples pergunta "quem é você?" envolvia informações lingüísticas demais; o princípio de minha sentença sempre perdia-se quando eu aproximava-me de desenvolver seu final. Eu não tinha prática nenhuma com a minha nova percepção, e, por fim, acabei desistindo de falar qualquer coisa. Preferi escutá-la, e tentar compreender.

– Meu amor, você está bem? Será que você me escuta?

A súbita compreensão da palavra amor, alguns dias após esse incidente, arrebatou-me em cheio. Amor é um conceito exclusivamente ontológico – o sentimento e a idéia de amor não podem ser reduzidos a um conjunto infinito de caracterizações lingüísticas, não podem ser expressos ou compreendidos pela linguagem – logo, amor é uma criação unicamente ontológica, e em nada relaciona-se com a linguagem; amor não é uma idéia humana, mas um subproduto da redução da natureza humana. Se o caminho para o "não-espírito" envolve uma proximidade maior com o espírito, não quero amar ninguém; de fato, não posso amar. Em verdade, ela mente; ou melhor, sonha que diz a verdade.

Parecia assustada com o fato de eu não responder absolutamente nada, apesar de meus olhos estarem abertos e se movimentarem. Suponho que ela imaginasse que eu encontrava-me em um estado catatônico, ou algo do gênero. Ainda era muito difícil formular qualquer sentença, mas quis acalmá-la: tentei erguer o braço e acariciá-la; impossibilitaram-me de fazê-lo dores terríveis fulminantes por toda a minha pele. Meus nervos pareciam ter sido cortados e eu sentia enormes cicatrizes fluindo pelo meu corpo. Esforcei-me para não gritar, não pretendia deixá-la mais angustiada.

A mulher de cabelos castanhos segurava minha mão esquerda. O calor de sua pele trazia-me desagradáveis sensações

A ESCRITA DE DEUS

de humanidade. Permanecemos assim por algum tempo, até que adentrou o quarto do hospital o médico responsável por mim. Desejava ainda saber o nome da mulher quando percebi que tampouco sabia o meu próprio nome. Na verdade, eu não tinha nenhuma lembrança, nenhuma memória – permanecia apenas a linguagem, desprovida de qualquer fato. Não se tratava, entretanto, de amnésia – era como se nada houvesse acontecido antes do acordar na cama do hospital.

Estranha sensação de completitude na ausência e vazio. Ansiava perder o espírito, o que restava dele.

– Dona Vanda, a senhora poderia vir aqui fora um instante?

– Está tudo bem com ele?

– Venha, vamos conversar.

O nome dela era Vanda. Jamais vim a saber exatamente quem ela era (soube, mas então as palavras eram vazias). O médico chamou-a para fora do quarto, provavelmente para relatar coisas ruins; nunca conversamos sobre o que o médico havia dito nesse dia, e, portanto, essas informações permaneceram um mistério para mim. Admito que tentei escutar a conversa, mas pude ouvir muito pouco: "Não é bom falar sobre a recuperação perto dele... etc." Minha principal dificuldade consistia em isolar o registro lingüístico da conversa dos outros registros lingüísticos meramente perceptivos, decorrentes do ambiente ao redor. Várias vezes fui incapaz de compreender o que diziam, porque suas palavras misturavam-se às características da parede branca à minha frente.

Ambos retornaram, o médico deu-me de beber uma estranha solução sem cor, cujo gosto precisaria de muitas palavras para ser descrito. Vanda permaneceu ao meu lado; falava de coisas das quais eu não me lembrava (não existiam), acariciava minha mão, ou meu rosto, e, às vezes, chorava. Mesmo após eu ter dormido, não creio que ela tenha abandonado o quarto.

A ESCRITA DE DEUS

Os dias no hospital transcorriam devagar. Vanda não tinha muito tempo para permanecer junto de mim; ela trabalhava o dia inteiro, costumava visitar-me apenas à noite; às vezes, dormia no quarto. Nos finais de semana, ela ficava mais tempo em minha companhia. No começo, enquanto eu não reaprendera a traduzir a linguagem para uma forma ontológica compreensível, nossos encontros eram muito tristes. Depois melhoram, nós podíamos conversar por horas; mas inexistiam assuntos.

Os médicos acreditavam que, além das seqüelas físicas, eu também sofrera sérios danos psicológicos. Os músculos de meus braços e pernas estavam dilacerados por toda a sua extensão. Meu abdômen apresentava cortes profundos, que recusavam-se a cicatrizar normalmente; os órgãos internos estavam tão feridos que sangue afluía constantemente à minha boca – não havia explicações para o fato de eles ainda funcionarem. Certo médico idoso sugeriu que parecia haver um padrão nas feridas, mas seus companheiros não o levaram a sério. Meu tratamento envolvia cirurgias sucessivas, destinadas a reparar os tecidos de meu corpo. Costumava viver dopado pelo efeito das anestesias gerais – estranhamente, tal torpeza mostrou-se benéfica: lerdo e desorientado, foi-me mais fácil ignorar uma série de percepções lingüísticas e aprender a reagir melhor ao universo não ontológico envolvente.

A equipe médica supunha que meus horrendos ferimentos contribuíram para debilitar meu cérebro e estilhaçar minha consciência. Deduzi que Vanda (ou eu mesmo, ou nós dois) deveria estar pagando uma fortuna para controlar a curiosidade dos médicos sobre o quê, de fato, teria ocorrido comigo. De qualquer forma, psicólogos e psiquiatras visitavam-me semanalmente, impunham-me testes e mais testes apropriados para crianças e doentes mentais. Eu reagia bem à maioria deles, cau-

A ESCRITA DE DEUS

sando perplexidade nos aplicadores. Por fim, sem saber o que fazer, os doutores receitavam doses e mais doses de drogas pesadas, calmantes e antidepressivos. Resignado, tomava todos – mas eles não faziam efeito algum; não podiam fazer efeito algum.

Nove longos meses foram necessários até que eu pudesse ter alta. Foram precisos mais cinco meses com doze horas de fisioterapia diária para que eu me recuperasse totalmente. Quando saí do Hospital, fui morar junto de Vanda. Não sei se éramos casados, ou o que éramos, mas habitávamos uma casa de porte médio, opressiva e indescritível. Vanda cuidava de mim como se eu fosse seu filho, uma criança desamparada. Perguntava sempre se eu queria algo, trazia as coisas para mim, afagava-me e mimava-me; falava em termos claros e simples, devagar, temendo que eu não a entendesse. Demorou até convencê-la de que eu podia comunicar-me normalmente (claro, em um grau muito superior do que as outras pessoas, do que ela). Não a culpo: às vezes, existia tanto a dizer sobre algo que simplesmente não havia como falar, era impossível dizer, balbuciava incompreensões; Vanda assustava-se, e, mesmo que eu tentasse acalmá-la, acreditava que meus problemas persistiam (nem sequer sonhava que problemas maiores residiam nela).

Quando a fisioterapia terminou, tentamos retomar uma vida normal. Visitamos amigos, fomos a festas e bares, cinemas, jogos de futebol e feiras abertas. Durante esses dias, percebi definitivamente a imensa sensação de vazio contida nos outros. As pessoas sentiam-se vazias sem saber que o sentiam. Eu as desprezava, mas o vazio maior era por mim mesmo, desespero – a minha condição lingüística fazia-me superior a todos os outros, mas delineava-me também inferior ao que eu deveria ser; e, não sabendo o que tornar-me, mas sabendo que devia tornar-me algo, era mais vazio do que qualquer outro. Odiava todos por serem menos do que eu, e odiava-me por não ser como eles.

57

A ESCRITA DE DEUS

Mas desespero e ódio não existiam, e tudo tornou-se mais fácil.

Certo dia, Vanda e eu fomos ao *Shopping*. Aquele ambiente confundia-me imensamente. Assim, para que eu conseguisse agir como uma pessoa normal, tive que reduzir todas as minhas atividades: caminhava devagar, fechava os olhos constantemente, evitava falar. Vanda supôs que eu estivesse passando mal. Teve medo de que eu desmaiasse, exigia que eu me sentasse em um banco. Eu afirmava que tudo estava bem, mas ela não acreditava. Aquilo estava me agoniando, diabo de mulher insistente, "me deixa em paz!". Entretanto, como eu mal a conhecia, e, afinal, ela cuidava de mim, eu não podia gritar e reclamar, precisava achar outra solução para o caso. Uma loja austera de tonalidades marrons pareceu-me adequada. Negociava antigüidades.

Vanda claramente assustou-se quando eu nos conduzi para dentro dessa loja. Não faço a menor idéia do porquê. Era um local bastante agradável, os objetos e suas características não me confundiam, mas davam prazer. Observei atentamente peças antigas: um cavalo de ferro, uma vênus sem braços, a reprodução de uma lápide. Vanda olhava junto de mim, agora parecia satisfeita, feliz por eu ter abandonado minha usual apatia e demonstrar interesse por alguma coisa (certa vez ela disse que eu era apaixonado por um time de futebol do qual não me lembro o nome – confesso que não vi graça no jogo).

No fundo esquerdo do recinto, ficava uma estante repleta de livros do século passado. Interessei-me, tomei um livro de capa azul escura em minhas mãos. Tratava-se de uma edição de 1931 de "Germinal" impressa em Portugal. Havia um prefácio aparentemente interessantíssimo, mas não pude lê-lo. Folheava, alguns desenhos eram muito bonitos. Vanda aproximou-se de mim e colocou o queixo sobre os meus ombros.

58

– Você se lembra,... você se lembra do que você fazia?

Virei-me, ainda com o livro nas mãos, evitei os olhos de Vanda. Esperança brilhava em sua face, mas era-me irreconhecível. Sorrindo sem graça, hesitante, respondi:

– Não.

Seus lábios tremeram, as pupilas lacrimejaram em intervalos. Vanda abraçou-me e chorou no meu ombro. Não soube o que dizer, nem sequer sabia o que ela queria dizer, ou por que chorava. Voltamos para casa imediatamente, deixei o livro fora de seu lugar. Foi um dia mais desagradável do que os outros dias já bastante desagradáveis. "Você é uma sombra de antes, querido, uma sombra do que você era antes."

Em casa, Vanda terminou por acalmar-se, e pediu-me desculpas. Assegurei que não existiam razões para ela pedir desculpas, mas ainda assim insistia. Envergonhada, ela retirou-se cedo para o seu quarto (não dormíamos juntos), deixando-me sozinho como nunca fizera depois de eu ter saído do hospital. Sentei-me no escuro em uma poltrona. A ausência de luz nublava os objetos à minha volta. Senti o contato puro com nada além de mim mesmo. Sozinho na escuridão por muito tempo, compreendi-me verdadeiramente sozinho – tentei ser, interrompeu-me uma súbita curiosidade sobre o meu próprio corpo. Minhas cicatrizes, minhas feridas e cortes: precisava vê-los.

Nu, aproximei-me de um espelho. Acendi várias luzes coloridas em torno de mim, visava uma completude de ângulos e possibilidades. Marcas e traços, longitudinais e diagonais, sulcavam minha pele. Um espelho não bastava. Recolhi todos os espelhos da casa, sangrei minhas mãos arrancando o espelho do banheiro. Tentei dispô-los de forma a poder observar todo o meu corpo de uma só vez. Soube como fazê-lo.

No centro de dezenas de superfícies espelhadas, banhadas de cores diversas, observei-me completo e minhas marcas. Gra-

A ESCRITA DE DEUS

dualmente as analisava, registrava as características de cada uma, compreendia a relação de uma com a outra. Representavam algo. Nitidamente, eram um mapa. Percebi símbolos geográficos e nomes ao seu lado, escritos em uma linguagem que eu não conhecia, em uma linguagem que não existia, pois existia apenas no meu corpo, para mim. Indecifrável, ainda assim um mapa em mim. Por horas, contemplei o sentido obscuro dessa descoberta, e, observando o mapa gravado na carne, quis visitar-me. Tive medo, e, no lusco-fusco do amanhecer, destruí os espelhos que me refletiram.

As semanas passavam. A surpresa dos espelhos quebrados fez Vanda afastar-se um pouco de mim. Ela parecia triste, desanimada, sem objetivos. Observando-a durante esses momentos, finalmente pude perceber a beleza contida em seu corpo. Não se trata de uma mera beleza do conjunto, mas da pura beleza lingüística de cada detalhe dela. Concebi milhões de palavras para o seu cabelo castanho, sua pele morena, seu tamanho, seus olhos, sua maneira de caminhar, falar e dormir, sua voz e suas lágrimas. Não se tratava de amor, mas agradava-me aquele conjunto perfeito de palavras, tão belo, tão bem organizado, sublime.

Desejei-a, e me senti bem. Quis ter seu corpo junto ao meu, sonhava com a maravilhosa sensação da enxurrada de palavras afluindo em minha mente, decorrentes do contato físico sexual entre as nossas peles. A possibilidade de um orgasmo impulsionado por termos maravilhava-me. Temi que ela me renegasse devido às cicatrizes, ao meu talvez horrendo aspecto físico (particularmente, não julgava as cicatrizes feias – estranhas sensações afluíam de sua contemplação, toque e presença). O desejo superou meus temores, e as palavras de Vanda, e as palavras que traduziam seus atos e seu comportamento, não indicavam que eu seria rejeitado.

60

A ESCRITA DE DEUS

Na noite de uma sexta-feira, aproximei-me dela enquanto lia um livro. Tomei o livro de suas mãos, olhei-a, e beijei-a, devagar, carinhosamente. Ela surpreendeu-se e assustou-se, quis recuar, mas não pôde e não quis. Hesitou, retribuiu meu beijo, carinhos. Tomei-a e fomos para o quarto. Deitados fizemos amor várias vezes – houve um orgasmo de puras palavras, e, nesse momento, tive a estranha ilusão de ser feliz, mesmo sabendo tratar-se de uma ilusão. Vanda chorava entre meus beijos, abraços e contato.

– Eu te amo... eu te amo tanto...

Preferi não discutir.

Tive sonhos conturbados. Acordamos juntos na mesma cama, abraçados. Vanda sorria, exalava um perfume novo. Segurava em minha mão, feliz.

– Vanda...

– Oi?

– ...

– O que foi?

– ...

– Não se preocupe. Eu te amo. Não me importo.

– Não é isso.

– ...

– O que aconteceu?

Vanda empalideceu. Suas pernas tremeram, percebi seus músculos repuxarem.

– O que... o que você quer dizer?

– Você sabe,... meu corpo, minhas cicatrizes.

– Não, eu não... não me peça isso.

Obviamente, essa reação não fazia sentido.

– Quero saber.

– Por favor, não.

– ...

– Você realmente quer saber isso?... não, vamos esquecer, isso já passou, não precisamos nos lembrar, não... nós podemos começar de novo, sem esse... sem esse trauma.

– Não me importa. Quero saber.

– Quer mesmo?...

– Sim.

– Então, bom... Olha só,... me dê um tempo. Eu prometo que eu te conto, mas eu preciso de um tempo para pensar... tudo bem, por favor?

– Tudo bem.

Foram dias sombrios. Vanda afastou-se, mal conversava comigo. Não dormíamos juntos, não tornamos a fazer amor. Senti falta daquele prazer. Mas aguardava.

Certa manhã Vanda não foi trabalhar. Pegou-me pela mão e conduziu-me até a porta de um quarto que eu não conhecia. Ela olhava-me triste, mas esperançosa. A porta do quarto parecia atormentá-la.

– Foi nesse quarto.

– ...

– Eu o tranquei depois... mandei trocar a porta antes.

Tinha uma chave na outra mão.

– O que houve?

– Eu... eu não sei dizer ao certo. Você tinha viajado para Portugal, a serviço. Tudo estava bem. Passaram-se alguns meses, e você começou a ficar estranho. Distante, frio, mal se preocupava comigo. Eu achava que você não me amava mais, tinha arrumado outra. Você não se lembra de nada disso?

– Não, não me lembro de absolutamente nada.

– Bom, há algum tempo você tinha mandado trocar a fechadura desse quarto. Antigamente era a sua biblioteca particular, mas você tirou praticamente todos os seus livros de lá de dentro. Eu não podia entrar, e achava que você o utilizava para

A ESCRITA DE DEUS

guardar coisas da sua amante. Depois eu descobri que só havia uma cômoda e... aquelas coisas.

– Que coisas.

– Espera, deixa eu contar. Um dia eu cheguei em casa e não te encontrei. Eu procurei por toda a parte, só ouvi uns barulhos estranhos vindos desse quarto. Eu supus que você estivesse com a sua amante, fiquei louca de ciúmes e raiva. Eu sentei no sofá, chorava muito.

(Certo, mas e a minha estória?).

– Eu estava soluçando, com vontade de te matar, quando comecei a ouvir gritos vindos do quarto. Eram seus, você gritava de uma forma horrível, parecia uma dor horrível. Eu fiquei desesperada, não sabia o que fazer. Fiquei na porta do quarto, chamei por você, mas não havia resposta, só gritos. Cada grito era diferente, mais doloroso um que o outro, timbres diversos, pareciam de pessoas diferentes, mas ainda assim seus. Meu Deus, que horror!

Vanda chorava como uma criança – parecia reviver aquele momento contado.

– Desesperada, chamei o porteiro. O moço ficou assustadíssimo, disse que era preciso te ajudar, fazer alguma coisa. Não sei como ele arrumou um machado, mas então você não gritava mais. Eu estava morta de medo de que você estivesse morto. O porteiro botou a porta abaixo a machadadas, e, oh, Meu Deus...

– O quê?

– Você... você estava lá,... ajoelhado no chão. Você não gritava mais, e seus olhos estavam virados para dentro. Sangue espalhava-se por todo o quarto, assim como dezenas de instrumentos cortantes diferentes. Até mesmo as minhas agulhas de *crochet* que tinham sumido. Você tinha se cortado todo, sozinho, daquela forma hedionda. Mesmo morto de dor (veja os

A ESCRITA DE DEUS

seus gritos) você continuou se cortando até o fim... Bom, o porteiro não agüentou, e acabou pedindo demissão uma semana depois. E eu, bem, eu chamei os médicos, e cuidei de você, e... eu estou aqui...

Vanda chorou muito, amargamente. Abracei-a, até que ela se acalmasse.

— Você pode me explicar o que aconteceu?... Por quê?

— Não. Nem sequer tenho a menor lembrança do que você me contou.

— Passou, né? Nunca mais algo assim vai acontecer, não? Você promete?

— ...

— Promete?

— Preciso entrar nesse quarto.

— Não!

— Dê-me a chave.

— Não!

— Dê-me logo.

Relutante, Vanda entregou-me a chave, buscou-a escondida em uma gaveta de seu quarto. Olhava-me revoltada, cheia de raiva, chorava. Saiu correndo para longe de mim.

— Eu te odeio! Te odeio!

Novamente ela mentia. Pobre confusa.

Abri a porta do quarto e penetrei no escuro recinto. O local fedia a sangue. De fato, sangue seco espalhava-se pelo assoalho, Vanda não tivera coragem de vir limpar o quarto. Entretanto, os instrumentos cortantes haviam sido retirados. Olhei bem para cada canto e fresta do local – não me vinha memória alguma. Confesso minha decepção.

Havia apenas a cômoda de madeira, velha e empoeirada, encostada na parede. Aproximei-me dela. Três de suas gavetas estavam quebradas e cheias de pó, inúteis. A quarta estava tran-

64

cada. Intrigou-me. Era necessário abri-la. Procurei por uma chave pelo quarto, sem sucesso. Experimentei (idiota) a nova chave do quarto. Mas precisava abri-la. Rasguei-a com as mãos, forcei-a a murros, manchando o chão com mais sangue. Dentro residia um pacote de pano.

Destrinchei as várias camadas de tecido até o conteúdo do pacote. Tratava-se de um livro; velho, muito, muito antigo. A capa era de couro rústico, e as páginas de uma superfície amarelada e grossa que não era papel. Não havia título, nem indicação de autor. Por impulso, abri o livro no fim. As páginas estavam em branco – muitas páginas em branco. Folheei-as de trás para a frente, até chegar a algum texto. As letras pareciam-me familiares, contemporâneas, recentes – tinha quase certeza de que tinham sido escritas com caneta esferográfica. Curioso, continuei em busca do princípio do texto em questão. Encontrei-o. Não havia título. Estava assinado: meu nome.

Peguei o livro e saí do quarto. Ardia para lê-lo. Buscava a poltrona. Deparei-me com Vanda. Arrumada para sair, óculos escuros, face avermelhada.

– Eu... eu preciso sair para espairecer um pouco. De noite eu volto.

Ela não percebeu o tomo em minhas mãos.

– Tudo bem.

Beijei-lhe a face – Vanda não reagiu.

Sozinho, sentei-me na poltrona, e li minhas próprias palavras. [...]

1º RELATO

Senti a necessidade de dissolver-me numa sexta-feira, enquanto fazia amor com Vanda. Eu a penetrava docemente, dan-

A ESCRITA DE DEUS

çávamos acaloradamente pela cama – percebi que absolutamente não a conhecia. A presença do meu corpo no interior do seu corpo de forma alguma a abria para mim. Nós não nos mesclávamos, eu não me tornava ela; o contato inexistia. O ato humano conjunto mais profundo e que melhor pode ser compartilhado entre duas pessoas não possibilitava que nossos espíritos se misturassem – eu nada sabia a respeito dela, e ela nada sabia a respeito de mim; fazer amor não alterava essa situação. O prazer da pele, o roçar da carne, os carinhos, pareceram todos inúteis, pois eram incapazes de nos tornar um.

O prazer conjunto do orgasmo não era único. Meu gozo penetrando no interior da amada não era eu penetrando em seu interior. Eu não estava no meu gozo, eu não estava no interior de Vanda, eu não era meu suor nem o meu gemido. Eu estava preso a mim mesmo. Conheci-me prisioneiro do fato existir. Maior do que o prazer, maior do que a comichão da pele vermelha arranhada, afigurou-se o desejo terrível de estar, ser, em tudo que era além de mim mesmo. Eu precisava estar fora de mim em tudo sendo ainda eu mesmo e tudo; mesmo que o tudo se resumisse apenas a Vanda, ou a um livro velho.

Deitado ao lado de Vanda, ela acariciava meus cabelos. A única forma de tornar-me algo diferente de mim mesmo parecia ser a dissolução. Dissolver-me no todo para, sendo ainda eu, ser o resto. A dissolução a princípio afigura-se impossível. A chave encontra-se em avaliar precisamente a prisão. O cárcere, que impede de ser o diverso, é o próprio ser. O espírito precisa ser dissolvido. O espírito pode ser outro e eu simultaneamente. O espírito sou eu. Eu sou a grade. O que sou é a prisão. Eu sou meus hábitos, gostos, vontades, sonhos – o espírito. Eu sou minhas lembranças. Finalmente compreendi as estórias contidas naquele livro. Não creio que elas tenham me influenciado – mas, junto de Vanda, decifrei-lhes o sentido inteiramente. Era claro.

A ESCRITA DE DEUS

Sou um negociador de livros antigos. Mais por *hobby* do que por necessidade – vivo de rendas familiares européias. Agrada-me a aquisição de livros raros, velhos, fedorentos a pó. Há algo de mágico nas páginas antigas e amareladas das várias preciosidades que recolhi ao longo dos anos. Viajei a dezenas de partes obscuras do mundo, sempre à procura de bons negócios. Costumo comprar de pessoas ingênuas a preços baratos – não acredito que eu as esteja enganando; pessoas incapazes de reconhecer o valor de seus próprios livros não merecem tê-los. Como eu jamais revendo os livros, não faço lucro sujo nenhum sobre a ingenuidade dos outros – todos ficam sempre felizes.

Vanda era bem compreensiva em relação a esse meu *hobby*. Ela me incentivava, e nunca reclamou do quarto separado exclusivamente para minha biblioteca. Tampouco ela se importava com o fato de eu não permitir que ela entrasse lá. Havia oito estantes repletas de livros preciosos e belíssimos. Foi uma pena quando eu tive que tirá-los todos do quarto, mas, ora, eu precisava do espaço e da privacidade que o quarto podia fornecer. Quase preocupo-me com o que poderá vir a acontecer com esses livros. Espero poder ser um deles algum dia.

Há alguns meses eu havia realizado uma viagem de negócios à Europa (Vanda insistia que se tratava de meu "serviço"). Realizei excelentes compras na República Tcheca e na Hungria – os preços de livros antigos está fabuloso por toda a Europa Oriental. Apaixonei-me por uma edição russa de "Irmãos Karamazov" particularmente bem conservada. Foi uma grande pechincha.

Os livros do lado Ocidental da Europa já não eram tão baratos assim. Às vezes, entretanto, ainda era possível fazer boas compras. Eu quase consegui adquirir uma coleção de livros medievais em Maiorca, mas nos acertos finais da negociação o vendedor desapareceu. Eu procurei desesperadamente por ele, mas sem resultados. Frustrado, pretendia partir imediatamen-

A ESCRITA DE DEUS

te de volta para casa. Entretanto, um de meus melhores informantes (tenho alguns bons amigos espalhados pelo mundo) ligou-me no celular com uma pista "quente" de um grande negócio para ser realizado em Leiria, Portugal. Ele passou-me o endereço e o nome da pessoa com a qual eu teria que falar, uma jovem moça chamada Raquel. "De que livro se trata?" perguntei-lhe. "Infelizmente, a moça não soube dizer-me o nome do livro. Mas tenho a intuição de que é 'quente'."

Quase desisti de ir a Portugal. Eu estava cansado, comprara praticamente todos os livros pretendidos, e não me parecia que uma adolescente estúpida entendesse algo sobre livros antigos. Porém, a paixão falou mais alto, e não pude resistir à tentação da possibilidade de se tratar de uma grande aquisição. Viajei de ônibus mesmo até Leiria – a vista era muito bonita.

A casa de Raquel localizava-se na periferia (digo, era distante do centro) de Leiria. Na verdade, era quase um casebre – arquitetura antiga, tijolos que lembravam barro. Era um lugar pobre. Não havia campainha, gritei o famoso "Ô de casa!", que imaginei ainda ser comum em Portugal.

Atendeu-me uma jovem portuguesa quase bonita. Tinha o avental branco amarrado à cintura, e enxugava as mãos.

– Pois não, senhor?

– Eu procuro pela Senhorita Raquel.

– Sou eu mesma.

– Prazer em conhecê-la. Um amigo meu avisou-me de que você estaria interessada em vender um certo livro.

– Ah, sim. Eh... vamos entrando, por favor.

A casa era verdadeiramente bem humilde. Sentei-me em um sofá velho.

– O senhor aceita um cafezinho?

– Pois não.

Serviu-me um café morno e forte. Bem diferente do que eu

estou acostumado. Sentou-se ao meu lado, e esperou que eu dissesse algo.

— Eu sou um comprador de livros, um amigo meu deve ter conversado com você alguns dias atrás. Talvez eu esteja interessado em adquirir o seu livro. Você deseja vendê-lo?

— Ah, sim, quero sim. Sabe, estou precisando de dinheiro.

— De que livro precisamente se trata?

— Ah, bom, eu não sei dizer ao senhor... Não há título nem nome de autor, nem na capa nem no interior do livro. Bom, pelo menos eu não encontrei. Mas parece bastante antigo.

— Desde quando você tem esse livro? Digo, você comprou-o, ganhou-o, ou o tem desde sempre?

— Ah, não, era do meu avô. Ele morreu faz alguns anos, mas esse livro não entrou na partilha da herança, ninguém sabia que vovô o tinha. Pudera, ele nunca comentou nada disso com ninguém. De qualquer forma, essa casa ficou de herança para mim, e, há alguns meses, enquanto consertava um pedaço da parede que estava rachando, eu o encontrei num nicho escondido entre tijolos, todo envolto em uns panos fedorentos.

— Você chegou a lê-lo?

— Eu até tentei, mas não consegui não.

— Em que língua está escrito?

— Não sei. Acho que é coisa de estrangeiro.

— Bom, será que você podia trazê-lo para eu dar uma olhada?

— Ah, sim, claro. Com licença.

Raquel adentrou por quartos estranhos que eu preferia não conhecer. Em pouco tempo ela retornou com um pacote de pano entre as mãos, entregou-o a mim em seguida.

— Esse era o mesmo pacote no qual você encontrou-o?

— Ah, é sim.

Destrinchei os vários panos até atingir o conteúdo. Tratava-se de um livro velho, muito, muito antigo. A capa era de

A ESCRITA DE DEUS

couro rústico, e as páginas de uma superfície amarelada e grossa que não era papel. Não havia título, nem indicação de autor. Por impulso, abri o livro no fim. As páginas estavam em branco – muitas páginas em branco. Folheei por entre as várias páginas, e surpreendi-me: tratava-se de um coletânea, escrita por vários autores diferentes, em muitas línguas diversas. Havia uma nítida separação relativa a estilo, tinta e utensílio utilizados para a confecção de cada aparente "capítulo" do livro. Percebi partes em latim, grego, francês, italiano, árabe, alguma escrita oriental, e até mesmo alguns caracteres desconhecidos para mim. As páginas em branco no final inquietavam-me.

Analisava o livro fascinado. Jamais havia observado nada igual. Provavelmente deveria valer uma fortuna. Tinha certeza de que era um exemplar único, uma obra sem igual em todo o mundo. Estava ansioso para adquiri-lo. Não me importava a temática do livro, ou a qualidade literária de seus textos – o simples fato de tratar-se de uma coletânea multilíngüe anterior ao século XIX já o caracterizava como um tesouro fabuloso. Acredito que eu suava bastante de emoção – se Raquel tivesse um mínimo de experiência, poderia ter me arrancado qualquer quantidade de dinheiro por aquele livro.

De fato, desconfiei. Subitamente veio-me o temor de que aquela maravilha pudesse ser uma falsificação. Um livro forjado, criado contemporaneamente e artificialmente envelhecido, visando enganar compradores excitados com a possibilidade de uma coletânea dessa natureza. Creio que analisei o livro por uns trinta minutos. Pude notar a angústia de Raquel, que permanecia quieta em silêncio, cutucando as unhas e os dedos. Por fim, convenci-me de que se tratava realmente de uma obra autêntica. O corpo do livro, sua armação e material utilizados, seu aspecto e conservação efetivamente comprovavam que inexistia falsificação.

A ESCRITA DE DEUS

Precisava comprá-lo. Dei aquele típico suspiro que todo bom negociador dá antes de iniciar uma transação, e disse.

– Trata-se de uma obra muito bonita.

– O senhor acha?

– Sim. Quanto você desejaria por ela?

– Ah, senhor... Eu não sei dizer, eu não entendo bem de preço de livro.

– A senhora gostaria de contactar um especialista antes de negociar?

– Não... olha, quanto o senhor pagaria por ele?

Por algum motivo desconhecido (acho que era desatenção e fascínio) eu estava particularmente generoso naquela tarde.

– Olha, eu não sei exatamente qual o valor da moeda aqui em Portugal. Você aceita negociar em dólares?

– Ah... sim, tudo bem.

– Bom, o que você acha de... digamos, trinta mil.

A moça empalideceu.

– Trinta mil?

– Sim.

– Trinta mil dólares?

– Sim.

Pobre portuguesinha... teria aceitado até dois mil – mas eu estava bonzinho.

Mantive o livro embrulhado nos panos velhos do avô de Raquel. Paguei-lhe ali na hora mesmo, em dinheiro vivo. Não sei como a moça não começou a chorar na minha frente. Tenho certeza de que chorou logo em seguida. Parti para casa no mesmo dia, satisfeitíssimo.

Ardia para lê-lo. Grande era a minha curiosidade a respeito dos temas tratados pelo tomo. Poderia tê-lo folheado já mesmo no avião, mas uma estranha sensação de ciúme e temor impossibilitou-me de fazê-lo. Podia-se sentir uma espécie de aura sa-

71

A ESCRITA DE DEUS

cra ao redor daquele livro – não se tratava de palavras banais, que poderiam ser lidas em qualquer lugar a qualquer momento – a idade daquelas páginas, a cor característica dos vínculos que ajuntavam a estrutura exigiam calma e contemplação para uma leitura adequada; era necessário um local distante, isolado, escuro. Minha biblioteca era o recinto ideal.

Quando reencontrei Vanda, não pude contar-lhe a respeito daquele livro. Falei-lhe de todas as minhas outras aquisições, relatei meus negócios e os belos sítios europeus que havia visitado; entretanto, omiti completamente a minha passagem por Leiria, apesar de não esconder que visitara Portugal, mas que os negócios lá não haviam sido proveitosos. É difícil explicar o porquê dessa atitude – creio que tive um medo infantil de que Vanda tomasse aquele livro de mim, a minha grande preciosidade. Mesmo que ela jamais fosse lê-lo (como já disse, não permitia que ela entrasse em minha biblioteca), o simples fato de ela ter conhecimento de sua existência de alguma forma me privaria da experiência plena contida no tomo. Após tê-lo lido, congratulei-me pela decisão – o medo real era de que o livro tomasse Vanda de mim.

O texto estava escrito em muitas línguas diferentes, e, de fato, eu conhecia poucas delas. No breve tempo que tive para ler o livro, inteirei-me apenas de duas das estórias contidas no tomo. Eu conhecia, além de minha língua natal, grego, italiano e latim (claro, qualquer um rabisca também inglês, francês e alemão). Não havia trechos em minha língua natal, e os relatos em latim eram tantos que não soube como escolher um deles para ler. Li, entretanto, os isolados textos em grego e em italiano. Destarte, essas duas estórias eram suficientes para compreender o livro inteiro – todo ele remetia a um único assunto: a busca pelo esquecimento, o tema mítico das águas do rio Letes.

A ESCRITA DE DEUS

Isolado em minha biblioteca, dediquei-me à leitura dos dois relatos selecionados após um breve folhear por todo o livro (aparentemente, o único relato em francês trata de um episódio interessantíssimo ocorrido com um dos vários homens da máscara de ferro – apesar de não tê-lo lido de verdade, recomendo aos que tiverem tempo não negligenciar esse texto).

O primeiro deles trata da busca do grego Procópio (obviamente, quem estiver lendo o meu relato poderá voltar algumas páginas no tomo e ler por si mesmo o relato desse grego). [...]

RELATO DE PROCÓPIO
(TRADUÇÃO LIVRE)

Peço desculpas aos que estiverem lendo essas minhas palavras, pelo meu estilo menor e por minha ignorância. Infelizmente, não sou nenhum Homero, nem mesmo um vate qualquer, e sei ler e escrever apenas devido aos esforços de meu pai, que dedicou muitas reses e bois de seu rebanho à minha boa educação. Em verdade, fui pastor e guerreiro, mas, como nunca fui querido de deus nenhum, creio não ter me saído bem em nenhuma dessas profissões.

Sou originário de uma pequena cidade-estado pertencente à Confederação Beócia. Minha família, desde tempos imemoriais, orgulha-se da cidadania e respeito de todos os outros cidadãos. Não ouso relembrar o nome da minha amada pátria – suas casas jazem destruídas no solo, e relembrar o nome do que já não é não se ajusta aos meus anseios e objetivos.

Cresci forte e orgulhoso nas propriedades de meu pai. Homem rico, mas nem tanto, nunca faltou-me nem a lança nem o escudo. Quando tornei-me um adolescente, meu pai mandoume do campo para a cidade, para ser educado por Tiresias, um

A ESCRITA DE DEUS

professor renomado, muitas vezes confundido com os famosos adivinhos que adotaram esse nome.

Passei três anos junto de Tiresias, homem sábio e refinado. O professor ensinou-me a ler e escrever, educou-me nas artes e na filosofia, na história e na física – não aprendi nada requintado, admito, mas adquiri noções básicas sobre o mundo, necessárias a qualquer homem livre. Tiresias dizia-me que eu era muito inteligente, e que ele pressentia um grande destino para mim. Esses anos de aprendizado foram a melhor época da minha vida.

Decorridos três anos, Tiresias disse-me que a minha educação chegara ao fim, e nada mais poderia ensinar-me. Ele logo partiria, pois pressentia que seu destino não mais ligava-se à minha pátria, e novos horizontes acenavam para o seu coração. Decidiu-se, então, dar-me um presente de despedida, e perguntou-me o que eu gostaria de ganhar. Disse-lhe que gostaria muito de ter um livro, para jamais desaprender a ler e a escrever. Tiresias sorriu, e prometeu retornar com meu presente.

Cinco dias depois Tiresias trouxe-me um pacote de pano contendo um livro. Tratava-se de uma obra incompleta, repleta de páginas em branco, que continha textos vindos de longe, do Egito e da Babilônia. Fiquei surpreso e triste com o presente. "Mestre Tiresias, pedi-lhe um presente para não esquecer de ler e de escrever. Mas nada sei dos povos além-mar, não conheço seus símbolos. Como poderei ler esse livro?" Tiresias sorriu, e respondeu-me. "Meu filho, busca sempre coisas maiores. Esse livro te estimulará não a desaprender, mas a aprender ainda mais, a conhecer a escrita dos povos bárbaros, que também são importantes." Não fiquei verdadeiramente satisfeito com o presente, mas, alguns anos depois, pude compreender a real importância das palavras de Tiresias e daquele livro.

A ESCRITA DE DEUS

O livro permaneceu guardado, sem que eu o lesse. Um ano depois da partida de Tiresias, iniciaram-se as desgraças de minha pátria. Estourava novamente a guerra entre Atenas e Beócia. Um imenso exército ateniense avançou sobre o território beócio antes que qualquer auxílio espartano pudesse ser organizado. As Confederação Beócia, incapaz de equipar um exército eficiente em pouco tempo, abandonou suas cidades fronteiriças à própria sorte contra os invasores atenienses. Minha pátria localizava-se a meio caminho entre Atenas e o coração da Beócia, o verdadeiro alvo dos guerreiros áticos.

A honra e a cidadania impediam-nos de fugir ao combate contra os atenienses. Juramos honrar a Confederação e dar nosso sangue por ela e pela pátria. Durante uma noite conturbada, mal pudemos perceber que a infantaria ateniense encontravase às nossas portas. Os cidadãos armaram-se rapidamente, da forma que foi possível, e nossa pequena falange tomou um morro próximo, excelente ponto defensivo, favorável ao combate contra os invasores.

Nosso *stratego* pretendia controlar toda a região próxima da cidade, impedindo os atenienses de atacarem diretamente a ágora e as casas adjacentes. Infelizmente, ele não previu a imensa quantidade de guerreiros que compunham o exército invasor. Combates violentíssimos foram travados durante toda a noite. A escuridão impedia que fôssemos atacados com flecha, e, no breu, parecíamos levar vantagem. Os atenienses atacavam-nos leva após leva, mas não conseguiam expulsar-nos do morro.

Entretanto, os ininterruptos combates impossibilitaramnos de impedir as manobras dos atenienses. O morro foi cercado por todos os lados, e os ataques não cessavam. Não tínhamos mais como evitar que os atenienses atacassem a cidade. Ao raiar do dia, loucos de ódio, observamos impotentes o inimigo invadir nossa cidade, roubar nossos bens, destruir nossa terra,

A ESCRITA DE DEUS

estuprar nossas filhas, irmãs e esposas. Nada podíamos fazer. Víamos nossa pátria ser destruída, e nada podíamos fazer! Cercados, não pudemos resistir por muito tempo. Eram muitos os mortos, passávamos fome e sede, o cansaço era imenso. Numa investida final, a poderosa falange ateniense esmagou-nos facilmente. Não sei como descrever o milagre de minha sobrevivência – sou incapaz de imaginar o que aconteceu comigo. Lembro-me de combater um ateniense, e de receber muitas pancadas de escudos. Sei que caí inconsciente. Acordei, não faço idéia de quanto tempo depois, afundado em uma poça de barro, merda e mijo, um pouco ferido e muito cansado, razoavelmente próximo do sítio de minha pátria destruída. Os atenienses já haviam partido, penetrando mais fundo na Beócia. Provavelmente a pressa impediu-os de procurar por sobreviventes – ou talvez simplesmente julgassem que não valia a pena.

Desesperado, visitei a cidade destruída. Eram muitos os cadáveres, os incêndios ainda acesos, a destruição generalizada. Todas as belas construções já não eram. Vi amigos mortos, vi amantes mortas, vi velhos e companheiros dilacerados brutalmente, sem receberem as devidas honras fúnebres. Tentei honrar os mortos, mas após fornecer parcas cerimônias a uns cinco ou seis falecidos, percebi ser a tarefa impossível. Procurei então pela casa de meu pai – achei-a em ruínas, todos estavam mortos.

Sabia que tornara-me um sem-pátria. Tentei recolher nos destroços víveres, roupas e objetos necessários para minha sobrevivência. Nas ruínas de meu antigo quarto, encontrei intacto o livro dado de presente por Tirésias. Os atenienses não o haviam achado. Tomei-o, e guardei-o como objeto de memória da minha juventude, época maravilhosa ainda intocada pela crueldade dos homens e da guerra. Parti para o sul, para longe da guerra e da Beócia, carregando uma mochila com as coisas que pude recolher e o livro de Tirésias.

A ESCRITA DE DEUS

Por ironia, o destino conduziu-me até Atenas. Lá me estabeleci, e comecei um próspero negócio de sal com mercadores fenícios. Não tinha direitos, cidadania ou respeito, mas essas coisas já não me importavam. O vazio era intenso e sofrido. Meus concidadãos eram verdadeiros irmãos, eram homens meus iguais, em quem eu podia confiar, respeitar e amar. Eu sabia que cada um deles guardava os mesmos sentimentos e coragem que eu; eu sabia que eles eram iguais a mim, eu era eles, e eles eram eu. Nós, juntos, todos, éramos a cidade – cada um de nós era o outro, e juntos compúnhamos a *polis*, uma só. Eu sentia grandes saudades, e tristeza infinita.

Os anos passaram-se, e parecia que o tempo apagava parte da minha dor. Casei-me, tive dois filhos fortes e saudáveis. Vivia bem, rico. Resolvi adquirir um escravo doméstico. Fui à feira, e encontrei um egípcio bem apessoado chamado Tarso. Satisfeito, comprei-o, e tratei-o muito bem.

Certo dia, enquanto organizava meus bens, encontrei o livro presente de Tiresias guardado entre minhas coisas. Por curiosidade, perguntei a Tarso se ele sabia ler na sua língua natal. O escravo respondeu afirmativamente, e solicitei-lhe que tentasse lê-lo para mim. Tarso leu-me todos os trechos escritos em egípcio, que totalizavam três estórias diferentes (mas iguais).

Lembro que Tiresias ensinara-me que em todos os lugares os deuses e as lendas são sempre os mesmos. Cada povo dá um nome diferente a Zeus, mas sempre se trata do mesmo deus. As estórias traduzidas por Tarso referiam-se todas a uma de nossas crenças religiosas vinculadas às regiões inferiores, ao submundo. Narravam-se buscas pelas águas do esquecimento, jornadas que procuravam encontrar o lendário rio Letes (tinha outro nome em egípcio – mas queria dizer Letes).

Eram belas estórias; esses egípcios exprimiam um grande desejo de ser além de si, ansiavam por juntarem-se às "águas

A ESCRITA DE DEUS

primeiras" e a todas as delícias subseqüentes. Por muito tempo refleti sobre essas narrativas. As palavras fizeram-me relembrar de minha pátria e de meus concidadãos, e a retomar e sentir o antigo vazio e desespero do passado. Percebi que nem mesmo com meus companheiros um dia houve o contato que eu acreditava existir: de fato, nunca tive esse contato com absolutamente nada – nem com plantas, nem com animais, nem com meus filhos ou com o ar. Soube que jamais fui qualquer coisa além de mim mesmo, pouco e egoísta. Sonhei, e compreendi os egípcios.

Abandonei minha casa, minha esposa e meus filhos. Eles ficaram tristes, mas eu nada senti – eles não eram meus, pois não eram eu. Meus desejos estavam claros, e parti novamente para o interior da Beócia. Lá, sabia existir uma fonte dita proveniente do rio Letes, uma chamada fonte do esquecimento, próxima ao Oráculo de Trofónio, em Lebadeia. Sozinho, peregrino, procurei-a por muito tempo. Atravessei pântanos e bosques espessos, corredeiras e campos de ervas e cipós. Vasculhei os locais secretos e escondidos do mundo, sítios onde homens não pisavam, dos quais nada conheciam além de seus próprios sonhos e esperanças. Conheci locais mágicos, onde homens podiam ver ninfas e dríades, deuses e centauros, caso assim desejassem.

Encontrei-a encravada na gruta de uma pedra, fincada no coração do mistério. Lá, um estranho oráculo todo coberto de cinza recebeu-me – tratava-se de uma espécie de guardião da fonte. O homem ofereceu-me uma garrafa, e apontou-me a pequena corredeira que vazava de uma grande fenda na rocha. Aceitei a garrafa, e aproximei-me da fonte. Não peguei daquela água, pois sabia tratar-se de uma mera lenda – procurava por uma entrada para o subterrâneo, por uma melhor forma de adentrar a fenda e descer ao inferno.

A ESCRITA DE DEUS

O oráculo aproximou-se de mim e ofereceu-me um antigo instrumento de escrever. Olhei-o sem entender o que ele queria, mas ele simplesmente disse: "Depois, prometo que tentarei recuperar o livro.". Compreendi sua intenção, e dei-lhe algumas moedas de dinheiro, sinceramente emocionado. A princípio, eu não havia pensado em fazê-lo, mas após receber o presente do sacerdote, tive certeza de que teria que registrar o ocorrido no livro.

Finalmente, desci firme pela fenda, sempre para baixo no escuro. Logo senti os vapores do submundo, seus terrores e suas maravilhas. Vi coisas fantásticas e espetaculares, sempre para baixo – poderia passar uma vida inteira escrevendo sobre esses prodígios, e seria mais famoso que Homero; mas não tinha o tempo nem a vontade. Queria apenas encontrar o rio, e beber.

Após semanas de jornada, atingi as margens do Letes. Lá, sombras incontáveis murmuravam e choravam, e observavam curiosas um homem vivo mergulhado no inferno. Vi Aquiles e Príamo, e todos os outros heróis de Tróia, vi legisladores famosos, Helena e Penélope. Não tenho palavras para descrever o fabuloso Letes, o desejo me queima. Peço desculpas.

Aproximo-me da água ritualmente. Recolho uma boa quantidade na garrafa do sacerdote, trago-a à beira de meus lábios. Termino minha estória aqui. Deixo o livro ao meu lado, no chão. Bebo em seguida.

1º RELATO
(CONTINUAÇÃO)

O segundo relato é de autoria, surpreendentemente, do famosíssimo Marco Polo. Intriga-me a completa inexistência de qualquer referência a esse texto. Igualmente assustador é que o

A ESCRITA DE DEUS

relato está escrito em italiano, quando todos sabemos que o idioma italiano escrito só viria a ser fixado posteriormente pelos ilustres Dante e Petrarca. Verdadeiramente intrigante. [...]

RELATO DE MESSER MARCO POLO
(TRADUÇÃO LIVRE)

Estou à beira da morte, devo, portanto, ser breve. Deitado em meu leito, sei que vou morrer, e, finalmente, tenho coragem. Alguns amigos à minha volta honram-me, e pedem-me para contar uma de minhas "invencionices" sobre o oriente. Esse pedido, feito tantas vezes durante minha vida, desta vez soa diferente, retumba mágico e misterioso, faz-me lembrar de uma única aventura não contada, não relatada. Jornada jamais narrada em prisões, perigos que não foram contados nem para o amigo Rusticello, e que não estão em seu livro.

Nostalgia, saudade e coragem. Respondo aos amigos que não lhes contei nem metade das maravilhas que conheci em vida. Todos riem, talvez com pena, pobres ignorantes. Peço que se retirem. Permanece apenas minha filha mais velha, irrequieta e temerosa. Pego sua mão gentilmente, e solicito:

— Filha, há uma estante no fundo do quarto. Abre a gaveta e tira de lá um livro velho envolto em panos. Desce depois à adega, e pega para mim uma garrafa cinza sem rótulo guardada junto com os vinhos franceses. Vai em seguida ao escritório, e traz uma pena e tinta para mim.

— Pai?

— Vai logo, menina, vai logo.

Em pouco tempo ela volta com tudo que pedi. Peço que ela se retire; obedece a contragosto. Abro o livro no fim, inicio este meu relato com calma.

A ESCRITA DE DEUS

Os cinco anos em que permaneci como administrador da maravilhosa cidade de Yang-chou foram os melhores de minha vida. O contato diário com o bom e sábio povo chinês alegrava meu espírito, e a memória de meus súditos traz-me felicidade até hoje. Nesse tempo, o grande Khan muito me estimava, e permitia a minha presença nos palácios sempre que eu desejasse estar ao seu lado.

Certa vez, no ano do Senhor de 1284, eu visitava a corte em Shang-tu, quando Kublai Khan convidou-me para uma entrevista particular. Honramo-nos mutuamente, e trocamos belos presentes costumeiros. O Khan então perguntou-me:

– *Messer* Polo, gostas de livros?

– Claro, meu senhor, aprecio muito os livros.

O Khan tinha nas mãos um pacote de pano velho e sujo, pouco condizente com sua estirpe nobre e requintada.

– Há dois anos, um andarilho desconhecido visitou um de meus palácios e revelou o intento de dar-me um livro de presente. Ele deixou-o aos cuidados do responsável pelo palácio, afirmando tratar-se de uma obra maravilhosa e única, e partiu sem identificar-se. Esse barão remeteu o livro imediatamente pelo correio, e, em dez dias eu o tinha em minhas mãos. Entretanto, não tenho tempo de ler tudo que desejo, minhas responsabilidades imperiais vão muito além de minha vontade, e, portanto, entreguei a obra a um de meus conselheiros, para que a lesse e respondesse se valia o meu tempo lê-la. Satisfeito, esqueci-me do livro. Um ano depois, o conselheiro em questão solicitou uma audiência, concedida de bom grado. Perguntei-lhe sobre o livro, e se deveria lê-lo. Ele respondeu-me que era um livro estranho e fantástico, que o atormentava em sonhos todas as noites na forma de um grande dragão mulher, mas que jamais poderia ser lido por um homem como Kublai Khan; não se tratava de uma obra adequada para imperadores e gover-

81

A ESCRITA DE DEUS

nantes. Estranhei o conselho, mas ainda assim perguntei sobre o que o livro tratava. Antes de responder ele exigiu que eu jurasse não lê-lo jamais. Julguei esse comportamento inapropriado para se dirigir ao Imperador, mas, curioso, assenti. Disse-me então que eram aventuras sobre homens loucos em busca de sonhos sobre dragões. Ri-me, e dispensei-o. Entretanto, jurei não ler o livro, e não o li. Mas lembrei-me de você. É um homem dado a aventuras e buscas, e as adora contar. Pensei que esse livro que também conta aventuras possa agradá-lo. Toma-o, é teu.

Recebi o presente emocionado, tratava-se de um livro muito velho, repleto de páginas em branco no fim. Em seguida, o Khan pediu-me licença.

Só tive tempo de ler o presente já de volta em Yang-chou. O tomo continha estórias fantásticas de homens que buscavam o mito grego das águas do esquecimento, o curso do Letes, o rio do inferno. Li todos os relatos escritos em línguas que eu dominava. Eram contos belos e provocantes – esses homens desejavam ser além de si próprios, queriam ser outros e outras coisas. Eu compreendia as suas razões e ânsias, mas não desejava o mesmo. Divertia-me em ver as maravilhas do mundo e seus habitantes – mas não queria ser ninguém que não fosse eu mesmo. Entretanto, imaginava o desespero de um homem seduzido por essa idéia: o conselheiro de Kublai tinha toda a razão em impedir que o seu senhor lesse aquele livro; caso Kublai decidisse partir à procura do Letes, imensas desgraças acometeriam o Império e o Imperador. Creio que o próprio conselheiro teve intensa vontade de partir secretamente com o livro em busca dessas águas, mas seu senso de dever e lealdade impediu-o de trair seu suserano.

Jamais tencionei beber dessas águas, se é que elas existiam. Entretanto, fui tomado pelo desejo de encontrá-las. Ansiava por

A ESCRITA DE DEUS

essa aventura única, e queria ter a mesma experiência contada nos relatos desse estranho tomo. Tentava descobrir em que região secreta poderia se esconder o Letes. Não poderia ser em terras habitadas por homens, ou o rio já seria famoso pelo mundo. Haveria de ser em um lugar ermo, desolado e misterioso – uma terra raramente tocada pelos homens, nos quais sonhos poderiam forjar a verdade; sítios de magia e mistério, segredo e assombro. Queria ir até lá, achar as águas do esquecimento, guardá-las em uma garrafa, e me lembrar para sempre dessa estupenda aventura.

No ano do Senhor de 1287, o grande Kublai Khan destituiu-me do cargo em Yang-chou, e incumbiu-me de novas missões diplomáticas pelos confins de seus domínios. Em uma dessas viagens, foi necessário atravessar o terrível Deserto de Lop, bem ao norte do Império. Os moradores das vilas próximas ao deserto contaram-me que, nessa terrível vastidão, espíritos maléficos vagavam pelas areias, gritando, lamentando-se e tocando tambores. Tentavam atrair os viajantes incautos, tencionando devorar suas almas em seguida. A fala dos espíritos, diziam os vilões, fazia qualquer homem sentir-se muito próximo da morte.

Tive certeza absoluta de que nesse deserto eu poderia encontrar o rio Letes. A lenda fala que em torno do rio habitam milhares de sombras, que choram e se lamentam incessantemente. Concluí que os espíritos do deserto nada mais eram que as sombras do submundo, e eram os próprios vapores do inferno que provocavam nos viajantes a sensação de morte.

A travessia pelo Deserto de Lop durou um mês apenas, pois a caravana que me acompanhava possuía guias hábeis que conheciam os atalhos da região. Todas as noites, eu afastava-me de meus companheiros, à procura dos gritos dos espíritos que me levariam até as águas do esquecimento. Muitos deles tenta-

83

A ESCRITA DE DEUS

ram dissuadir-me de aventurar-me pelo deserto sozinho, mas eu os repreendia afirmando que não havia perigo algum, que não se preocupassem.

Certa noite, mergulhado nas trevas, finalmente escutei os lamentos vindos do coração do deserto. Segui o som, que, apesar de horrendo, não me amedrontava. Caminhei por horas, até que pude ver as sombras. Eram milhares, loucas e desorientadas, vagavam falando coisas sem nexo ou compreensão. Não me causaram mal, acredito que nem sequer me viam. Tive certeza de estar em uma parte do inferno aflorada na terra. No centro da festa das sombras, um filete de água correndo pelo chão árido era o rio Letes. Recolhi dessa água em uma garrafa preparada para esse fim e, já um pouco apavorado, retornei o mais depressa possível para junto da caravana.

Nas noites seguintes, não mais me separei de meus companheiros. Disse-lhes apenas que abandonara minha loucura, e pedi desculpas pelas preocupações que causei.

Muitos anos depois, voltei à Europa com a garrafa, mas jamais revelei essa aventura a ninguém, nem mesmo ao meu senhor, o Khan.

Agora, no leito de morte, as palavras de meus amigos mudaram-me. Seu pedido por mais uma última "invencionice" mostrou-me que eles nunca acreditaram em mim. As minhas palavras não os convenceram, as minhas experiências não foram as experiências deles, não importava quantas vezes eu as contasse e recontasse. E... as experiências deles também não foram minhas. Finalmente compreendi os homens dos relatos daqueles livros, pois o que eu vi, e fui, também deveria ser todos os outros homens, e tudo, e vice-versa. Logo, desejei, e arrependi-me de não tê-lo feito já no deserto mesmo.

Sozinho, escrevo essas últimas palavras. Abro a garrafa, e sonho com o que possa acontecer. Rezo para não morrer antes.

A ESCRITA DE DEUS

1º RELATO
(CONTINUAÇÃO)

Após aquela noite em que percebi que não era nada além de mim mesmo, busquei incansavelmente uma forma de dissolver-me, ou seja, de beber um gole do Letes. Eu era a prisão, e pareceu-me claro que, se eu perdesse as minhas memórias, deixaria de ser eu mesmo, e o cárcere teria fim. Os relatos do tomo não informavam (não podiam) o que acontecia após a ingestão das águas do esquecimento – mas não restavam dúvidas de que esse ritual era necessário para que se pudesse ser e ser tudo.

Gastava muito de meu tempo trancado na biblioteca, Vanda desconfiava. Tentava desvendar em que parte do mundo seria possível encontrar o Letes. Os relatos, a princípio, nada revelavam: Procópio e Polo encontraram o Letes em lugares muito distantes um do outro, e, ainda assim, ambas eram águas do esquecimento. Indagava-me se existiriam muitos Letes, e se seria ainda possível encontrar o Letes da Grécia, ou o Letes da China.

Pesquisas pela *internet* confirmaram a inutilidade de procurar pelos Letes já relatados. Na Hélade, os sítios mais próximos dos descritos por Procópio eram um Ginásio de esportes e uma escola. Já no vasto deserto do norte da China, guiado pela consulta e comparação de mapas antigos e contemporâneos, descobri apenas indústrias de petróleo e oleodutos da década de setenta. Os Letes passados já não eram – houve um Letes de Procópio e um Letes de Polo, que, infelizmente, não poderiam ser o meu Letes.

Entretanto, havia uma detalhe, uma característica compartilhada por ambos os rios. Eles foram achados em lugares de segredo. Na vastidão misteriosa do mundo, esses homens puderam apropriar-se de uma parte única e desconhecida de ter-

A ESCRITA DE DEUS

ra, e lá acharam o Letes de seus sonhos. O desejo de dissolução materializado em uma parcela intocada do universo, que, conhecida por apenas um homem, transforma-se naquele mesmo que a sonha e a faz. Enquanto palavras não descreverem um local, ele não existe – passa a ser apenas no momento em que é sonhado; antes disso, suas possibilidades são ilimitadas.

Já não existiam sítios assim. Desesperei-me, mas essa era a verdade. Não havia um único lugar secreto no mundo, uma única terra em que nenhum homem tenha sonhado. Todos os cantos estavam definidos, e as arestas aparadas – os homens varreram o mundo todo, pré-estabelecendo o que ele era sem questionamentos (no Caribe, a água não reflete sonhos de ouro e prata; sabe-se de pobres pardos, de hotéis de luxo e cruzeiros).

Mas era necessário encontrar o Letes. Se eu pudesse apoderar-me de um único pedaço do mundo intocado, torná-lo-ia meu, e faria minha própria fonte do esquecimento (pois minhas palavras desvendaram o mecanismo, apenas levemente intuído por meus antecessores). Mergulhado em ponderações sombrias, invejei Procópio e Polo, tão envolvidos de mistério, tão repletos daquele ar que não nega possibilidades infinitas.

Pensei que talvez fosse possível utilizar minha biblioteca. Mas, mesmo que só para mim, ela já era, e foi impossível torná-la diferente. Antes, já não havia fonte do esquecimento lá, logo, não podia haver fonte do esquecimento lá.

Subitamente compreendi que a única maneira de encontrar o Letes seria criar eu mesmo uma região misteriosa desconhecida de todos. Mas, como criar uma terra verdadeira, sem que os outros a vissem antes de mim? Onde eu escreveria o local que eu buscava? Como criar?

Meu corpo ressoou e repuxou, e senti-o verdadeiramente meu. Em meu corpo, eu estava dissoluto. Eu não era o meu

A ESCRITA DE DEUS

corpo, mas ainda assim eu era o meu corpo, mesmo não o sendo. Éramos diferentes e o mesmo; eu pertencia ao meu corpo e o meu corpo pertencia a mim – e cada minúscula fibra que me compunha era um absoluto segredo para qualquer outra coisa existente e inexistente. O que eu buscava só poderia ser encontrado em mim mesmo. Sou um homem louco? Não creio.

Por fim, decidi inscrever a terra misteriosa do Letes em minha pele e em meus órgãos. Preparei a sala da biblioteca para o ritual, limpando-a de livros e estantes. Recolhi todas as qualidades de facas, tesouras e agulhas que julguei necessárias para cortar-me e escrever-me. O trabalho todo seria bastante difícil, faltava-me muito da perícia necessária. Ajuntei os espelhos da casa na sala, e os dispus no espaço de forma que eu pudesse enxergar todos os cantos e arestas de meu corpo ao mesmo tempo, de todos os ângulos possíveis. Foi uma tarefa árdua, mas depois de muita insistência a configuração pareceu-me adequada. Ajoelhei-me no chão, e comecei.

Surpreendentemente, inexistia dor. Cortava-me e furava-me, dilacerava meus órgãos mortalmente; sangue e vísceras espalhavam-se pelo chão – quanta felicidade, quanto alívio! Desenhei uma terra a meio sonho da Ásia e da Europa, encravada no coração da África. Escrevi em uma língua delirante, destaquei morros e rios e cidades, povos e seus deuses magníficos e tristes. Quando o mapa estava pronto, e de fato o mundo ganhara uma região intocada, caminhei, visitei-me, e estive dentro de mim mesmo.

E lá estava o Letes. Um rio majestoso, de águas espumantes e límpidas, lembrando cavalos selvagens e pássaros mortíferos. Centenas de milhares de sombras caminhavam à sua volta. Huxley, Dickens, Verne, Marta, Hugo, Trotski, Adorno e o gato Adorno em seu colo, e muitos outros. Gritavam, mas eram alegrias; lamentavam-se mas não eram lamentos – esperavam por algo, talvez por mim (não acredito – não sei como escrevo, mas o livro está em minhas mãos, mesmo dentro de mim; tudo está dentro de mim). Absolutamente não há dor, absolutamente não há dor.

Ajoelho-me na margem, sinto o perfume de um rio de verdade (maldita herança do século XVIII, compare o meu relato com os outros dois). Recolho o líquido entre as mãos, como se deve fazer nessas situações. É morna e agradável. Aproximo-a de meus lábios. Há um miado. Anseio dissolver-me agora.

2º RELATO
(CONTINUAÇÃO)

Por que Vanda não falou dos espelhos?

Li-me. Ruminei minhas palavras por muito tempo. Senti as esperanças passadas frustadas, não houve a dissolução. Mas não existem frustrações. Inquietação. Essa palavra é insuficiente. As palavras são insuficientes. Decomponho frustração em seus elementos: cada uma de suas letras descrevo-a com mil termos; e mais dez mil termos tentam especificar frustração. Mas frustração não existe, como não existe amor, raiva, ódio, paixão, medo, ou sentimentos. Nada disso existe.

Entretanto, a descrição de frustração é idêntica à de livro (uso palavras em ambos os casos). Logo, frustração e livro não existem. Nada existe. Mas a minha frustração retardada afigura-se bastante real – as palavras que a descrevem são bastantes reais, e dão existência ao que de fato não existe. Só as palavras existem?

Danço tentando dissolver-me. Vanda chega em casa e assusta-se com a minha aparência e estado. Olho em seus olhos, e existem tantas palavras e coisas em meus olhos que Vanda tem

A ESCRITA DE DEUS

um átimo de quase compreender tudo, pelo menos aprende o que é necessário. Aperto-a pelos ombros dizendo "aperto teus ombros", carrego-a no colo até o quarto e arremesso-a na cama, que poderia tê-la vazado.

Fazemos amor eternamente, eu a penetro o interior de seu útero de barro. A chave está no mito do rio Letes, do qual simplesmente me lembro porque decidi descrevê-lo. As águas do esquecimento são bebidas pelas sombras antes de elas nascerem como homens. Antes de nascer, esquece-se. Pressinto um caminho inverso. As palavras são tudo. Eu poderia ser Vanda, e o interior de Vanda, se assim eu me descrevesse. Mas isso é impossível, porque novas palavras descreveriam as palavras que me descreveram as veias de Vanda; não há fim para as palavras, não há fim para as descrições. Enquanto se pode falar, não se pode descrever, não se pode escrever.

A carne acalorada de Vanda conta-me o desenrolar humano. Tudo origina-se do útero no chão da primeira deusa, por último o homem. Morre-se, torna-se sombra, bebe-se as águas do esquecimento, nasce-se, troca-se a linguagem pela ontologia (para que o risco não exista, mas ele sobrevive em livros e estórias), e vive-se. Um ciclo sem fim. Mas eu fui diferente. Agora eu e Vanda sonhamos ser um só, e ela já não tem medo. Eu faço o caminho inverso, quando não há mais ontologia. Eu vivia, bebi as águas do esquecimento, e os gritos que Vanda ouviu foram as sombras de meu mapa-corpo cantando suas esperanças através de mim, fazendo-me um deles. Enquanto meu gozo tornou-se parte dé mim e eu por minhas palavras (mesmo que fosse pouco), e o útero banhado de Vanda fui eu, e Vanda fui eu, e fomos um só finalmente, as palavras despencaram e tudo tornou-se claríssimo. Não sei o que houve, nem como ainda escrevo.

Negro; caio infinitamente lacrimejante dos olhos de Vanda. Pobre, apenas parcela de fato, ela ter estilhaços do todo eu talvez entristecer-me-ia antes. Perdão, as palavras não servem, e, finalmente, também não existem.

Dissoluto no solo, comungo com os vermes que devoram a estrutura.

BURSAS

Dia quinze de setembro de 1999, terça-feira, Joana do Socorro foi surpreendida pela estranha presença de um documento desconhecido em sua recém-adquirida pasta de couro (o vendedor, um argentino, jurou que se tratava de couro de águia – Joana não acreditou; águia não tem couro). O documento, três páginas digitadas em *times new roman* 10, espaço simples, narrava sucintamente o futuro de um certo Senhor Almeida: divórcio, sucesso no escritório, novo casamento, felicidade, possibilidade de doenças renais e morte prematura em um acidente de moto.

Joana achou aquilo bastante esquisito; perguntou aos seus conhecidos se sabiam algo a respeito daqueles papéis ou do Almeida. Ninguém fazia idéia do que ela estava falando. Concluiu que alguém talvez tivesse esquecido, sem querer, o documento em sua maleta, ou deixado lá, de brincadeira.

Entretanto, na quarta-feira, dia dezesseis, Joana encontrou um novo documento no interior da pasta. Duas páginas, mesmo formato, não continha nome algum; simplesmente descrevia um futuro: o nascimento de gêmeos, distúrbios emocionais, sinistras revelações religiosas.

A partir de então, às terças e às quintas-feiras, apareciam na pasta documentos narrando futuros específicos de pessoas determinadas, nomeadas; e, às quartas e às sextas-feiras, papéis indeterminados, desvinculados de sujeitos identificados, sem nenhuma indicação.

Joana custou a acostumar-se com a idéia. Bruxaria, chegou a sugerir-lhe uma amiga próxima. O tempo e a possibilidade de ganho monetário deram cabo da desconfiança inicial. Tornou-se Dona Ana do Socorro, baiana versada em búzios, *tarot*, e outras artes adivinhatórias.

Não tardaram a surgir clientes. O procedimento era simples: Joana predizia para o crédulo o conteúdo de algum dos papéis vindos da pasta. Tosca, não se preocupava nem sequer em selecionar entre os documentos pessoais e os indeterminados. As predições complexas e bem elaboradas extraídas dos documentos fizeram muito sucesso entre aqueles que consultavam Dona Ana, ansiosos por algum consolo espiritual, uma certeza do futuro. Rapidamente a adivinhatriz ganhou muito prestígio, respeito, e dinheiro.

Misteriosa foi a tarde em que Joana predisse para a moça Laura o futuro do documento pertinente à própria moça Laura. Parece que, neste caso, Laura pôde escolher diversamente.

Joana enriqueceu, construiu uma casa enorme. Entretanto, no dia nove de dezembro de 2001, após ler o futuro do obscuro doutor Maurílio, Joana jogou sua pasta de couro de águia no lixão, e aposentou-se do ofício de baiana poucos dias depois.

A estória de Joana apareceu em minha pasta de couro de coruja (a princípio, também não acreditei) há uns três meses, assinada pelo jornalista Hermes de Carvalho. Quinze páginas, *arial* 16, espaço 1,5.

Um ensaio de sessenta páginas do Conde Maximiliano Esteves desvela-nos a origem dessas singulares pastas.

Em Brasília, localizada normalmente entre a terceira e a quinta fileiras, e entre a sétima e a décima-terceira colunas da popular Feira dos Importados (antiga Feira do Paraguai), situa-se a extraordinária barraquinha na qual pode-se comprar uma dessas pastas. A variação diária das exatas coordenadas da barraca é um fato comprovado – fortes indícios, entretanto, apontam para a hipótese de a vendinha deslocar-se sempre para o ponto mais escuro da Feira, a cada momento do dia. Obviamente, apenas o acaso efetivamente conduz alguém até lá (alguns estudiosos defendem que procurar especificamente pela barraca nulifica as chances de achá-la).

Pesquisas realizadas entre os compradores das pastas comprovam que o vendedor responsável muda constantemente (mas nem sequer é possível imaginar um padrão para essas mudanças). Às vezes, é-se atendido por uma mineirinha morena de sotaque carregado; outras, por um argentino bigodudo torcedor do Racing, ou um por austríaco negro de péssimo português. O vendedor, qualquer que seja, afirma que as pastas são provenientes da Europa Oriental, onde são chamadas de bursas, atesta a sua qualidade e durabilidade superiores, e apreça-as entre sessenta e três e duzentos e dezessete reais. Recusa-se a vender mais de uma pasta a uma única pessoa. Gaba-se da inortodoxa natureza do couro de cada bursa, retirado de animais pouco utilizados para essa finalidade. Verdadeiramente, o couro é ótimo – mas poucos acreditam.

Após a compra de uma bursa, é impossível encontrar novamente a barraquinha. Um instante, qualquer desatenção, e desaparecem a tenda e o vendedor. Os comerciantes das barracas adjacentes nunca sabem informar nada a respeito, e asseguram que jamais viram tais pastas, muito menos o vendedor descrito.

A ESCRITA DE DEUS

Pode-se voltar à Feira quantas vezes se quiser – não se acha novamente a barraca. Supõe-se que caminhar acompanhado de alguém que já comprou uma pasta impossibilite uma pessoa normal de deparar-se com a barraca (existem registros de exceções – pessoas que já adquiriram a bursa "somem", reaparecendo logo após a aquisição da nova pasta pelo seu acompanhante).

As bursas notabilizam-se pelo surgimento espontâneo de documentos ou papéis em seu interior. A periodicidade, quantidade e qualidade dos documentos é incerta e indefinida, variando de pasta para pasta (há estranhos casos do surgimento de um único documento uma única vez, ou de minúsculos papéis ilegíveis que jamais foram encontrados pelo possuidor da bursa). É controvertida a essência da aparição de um documento. Duas são as principais hipóteses: os papéis teleportam-se para a pasta, de locais reais, imaginários, ou de outras dimensões; os documentos são fabricados pela bursa, por meio de um processo ainda desconhecido. Usualmente, o dono da pasta usufrui os documentos exsurgidos por um ou dois anos – é certo, porém, que sempre, em determinado momento, livra-se da pasta possuída (que se perde para sempre ou vai parar nas mãos de outra pessoa que a encontre – nunca se soube de uma bursa dada de presente).

Acredita-se que as qualidades das pastas decorrem da anômala localização da barraca na qual são expostas. Abaixo do local há um poliedro de faces infinitas, parte do gigantesco cristal existente no subsolo brasiliense. A fantástica estrutura cristalina catalisa as desconhecidas forças que imbuem as bursas. Tentativas de encontrar o poliedro não renderam nenhum fruto.

A minha pasta de couro de coruja (imagino que o couro de cada pasta liga-se à natureza dos documentos recebidos – o Professor Otto Wier compartilha da mesma opinião) provê-me de documentos relativos à História do fenômeno (veja-se a breve

94

A ESCRITA DE DEUS

síntese anterior) e às estórias das pessoas que adquiriram bursas – muito interessantes, tive a oportunidade de ler dezenas. Tudo que tem pertinência com o assunto, mesmo que insignificante, costuma aparecer em minha pasta, normalmente em documentos assinados por estranhas personalidades (minha favorita é a Mestra Milene do Açafrão).

Lembro-me do caso do indivíduo R. (não ouso revelar seu nome). Obteve sua pasta de couro de leoa há quatro anos. Utilizou-a normalmente por quatro meses, sem que nada acontecesse. O solstício de inverno ativou seus poderes. Todo dia quinze, passou a receber extensos relatórios com os nomes de personalidades famosas que um dia já se prostituíram. Ao lado de cada nome, seguia uma sinopse de como, quando, onde e com quem se dera o intercurso sexual (usualmente constava o preço também). Certas atrizes chegavam a ocupar mais de cinqüenta páginas em um único relatório.

O indivíduo R. achava os relatórios muito engraçados, provavelmente brincadeira de algum amigo (quase todo o mundo sempre imagina que os papéis recebidos são chistes de conhecidos). Guardava-os e compilava-os em ordem cronológica.

Tempos difíceis, filho doente, demitido do Banco, R. desesperou-se e perdeu os escrúpulos. Decidiu arriscar, quem sabe fosse verdade. Ligou de um orelhão para o empresário. Falou de sua filha. Pôde sentir o homem empalidecer do outro lado da linha. Pediu vinte mil. Recebeu-os em uma pasta (não, não era uma bursa) largada em um grande arbusto do Setor Comercial Sul.

Obviamente, ganância não se refreia. R. acostumou-se com a idéia de enriquecer pela chantagem. Cobrou fortunas de políticos, artistas, atores, modelos, estrangeiros. Deitou-se com mulheres lindíssimas em troca de seu silêncio (viu seu próprio nome em relatórios subseqüentes – ria-se). Destruiu a vida de alguns que recusaram-se a pagar-lhe.

Entretanto, sempre há o momento de separação do dono da pasta. R. mexeu com gente importante demais. Às seis da tarde, no *rush* da L2 norte, foi forçado a abandoná-la, logo após ser baleado na testa, calibre militar.

Sua esposa, a senhora R., herdou a bursa. Pouco tempo atrás inteirou-se da natureza da pasta de seu falecido marido. Já arrecadou por volta de trezentos mil reais. Também deitou-se com mulheres lindíssimas.

Comprei minha pasta em um sábado. Estava um calor dos infernos. Custou-me cento e trinta reais e oitenta e oito centavos. Meu vendedor foi um dos mais incomuns – tratava-se de um homem velho, de cara fechada, fantasiado de palhaço, colorido apenas com tons de cinza. Não consegui rir dele. Reclamei bastante do preço.

Não demorou para que eu compreendesse o mistério do surgimento dos papéis em minha pasta – afinal de contas, os próprios documentos narravam sua origem, qualidade e conseqüências. Não me pareceu tão estranho assim. Tornou-se um *hobby*. Até mesmo tentei contactar outros donos de pastas, mas nunca obtive sucesso.

Por exemplo, procurei muito por Natália e Alexandre. A estória dos dois é deveras peculiar. Compraram suas pastas no mesmo dia, ele na hora do almoço, ela à tardinha. Ambas eram feitas de couro de cisne.

Natália foi por muito tempo apaixonada por um Alexandre. Alexandre amou longamente uma Natália. Suas pastas começaram a funcionar juntas, em um domingo. Receberam cartas de amor, um do outro. Uma por semana. Cartas assinadas, constando endereço no envelope, perfumadas. Um sopro ilusório de esperança disfarçava a desconfiança. Choraram suas frustrações, apaixonaram-se novamente.

Após sete cartas (quatorze), mandaram-se simultaneamente

cartas reais, pelo correio. Trocaram telefones. Ligaram-se, mal conseguiam falar. Combinaram de encontrar-se no Píer 21.

Sentaram-se juntos em um bar. Obviamente, era outro Alexandre, era outra Natália. Conversaram, beberam, dançaram colados na boate, música sugestiva de sonhos. Descobriram que não suportavam um ao outro. Mal se despediram. Jamais se falaram novamente.

Queimaram, separados, suas pastas. Houve lágrimas.

Entretanto, chegou também o meu dia de separar-me de minha pasta de couro de coruja. Não pude agüentar o paradoxo. Recebi na bursa este presente documento, antes de escrevê-lo. Continha já os dois últimos parágrafos.

Perturbado, escrevi-o. Depois, arremessei a pasta janela afora. Admito que faz-me falta. Pressinto o palhaço a rir.

O Sabre Imperial

> *A despeito de suas largas malhas*
> *a grande rede do céu nada deixa escapar.*
>
> Lao Tse, *Tao Te King, LXXIII.*

Naquelas vastas terras áridas, muito além das fronteiras imperiais, perecia a elite da cavalaria chinesa. Cercada por milhares de bárbaros Khitans, exímios ginetes inimigos do Império, sabia que seu destino era ou a morte ou o cativeiro no estrangeiro.

No ano de 940 d.C., a China defrontava-se com a rebeldia de uma dezena de Estados vassalos, cuja antiga lealdade fora enfraquecida pela distância secular das tropas de seu senhor. Julgando-se livres do jugo imperial, tais nações interromperam a remessa de tributos e castigaram severamente a fronteira chinesa. O imperador, homem jovem mas prudente, buscou resolver a questão pelos meios diplomáticos. Mas seus mensageiros voltaram todos decapitados; não tinha limites a insolência daqueles povos setentrionais.

Irado, o Imperador não podia mais tolerar aquelas afrontas. Convocou o famoso general Fu Yen-ch'ing, herói de incontáveis guerras, e confiou-lhe o comando da temível cavalaria imperial, composta de 50.000 guerreiros fortemente armados, montados nos mais belos e resistentes corcéis. "Fu Yen-ch'ing, honra teu Imperador e teu país. Comanda nossos mais hábeis soldados e destrói os vassalos insolentes do norte. Vinga-te como eu vingar-me-ia, apazigua a bile acumulada em minha alma. Vai, e quando subjugares nossos inimigos, queima-lhes os bens e toma-lhes as filhas." O general ajoelhou-se, em sinal de obediência. O Imperador entregou-lhe então uma fina bainha negra, com dois dragões estampados em alto relevo. "General, leva contigo este sabre. Ele foi-me presenteado por meu pai, e servir-te-á de símbolo da minha própria autoridade. No exterior, tu serás a extensão de minha vontade e de minha fúria. Tuas decisões equivaler-se-ão às minhas decisões, e nenhum homem ousará desobedecer-te." Revestido de grande honra, encheram-se de lágrimas os olhos do general, que não soube como agradecer ao seu soberano as dádivas que dele recebia. "Retorna, e traze de volta meu sabre, para que torne a alegria a este palácio."

Assim, Fu Yen-ch'ing partiu de sua pátria, encabeçando a nata guerreira chinesa. Cavalgava à frente de seus homens, imponente, o sabre imperial guardado na bainha presa à sua cintura. Servo fiel de seu soberano, o general ocupava-se em cumprir as ordens recebidas. Manobrando habilmente suas tropas pelo território hostil, um por um os inimigos do Imperador tombaram diante da cavalaria imperial. Guiava seus homens à batalha, participando ele mesmo do combate. Vergava a lança violentamente, balançava a poderosa espada como a foice do agricultor no campo de trigo. Era um dragão furioso e resplandecente no meio do caos, espalhando terror entre as fileiras opositoras. Não ousava empunhar o sabre imperial em combate – jurou devolvê-lo ao Imperador em condições impecáveis. Os guerreiros, vendo seu próprio comandante desprezar a morte, atiravam-se com ânimo redobrado à peleja; amavam o esco-

A ESCRITA DE DEUS

lhido do Imperador, que, junto deles, defrontava-se com o perigo.

Penetrava a cavalaria imperial nas terras estrangeiras. As localidades que rendiam-se ao domínio chinês eram poupadas. As que davam combate, porém, arrasavam-nas os ginetes. Os homens eram torturados e mortos; as mulheres, entregava-as o general a seus guerreiros. A pilhagem era livre – muitos soldados enriqueceram. Nada sobrava das vilas e cidades capturadas. Os Estados rebeldes, desesperados, aliavam-se contra o invasor. Seis grandes exércitos foram derrotados por Fu Yen-ch'ing, triunfante sobre os inimigos do Império. Os reis vencidos imploravam para serem levados como prisioneiros até o Imperador. "Aqui, por ordem do Imperador, eu sou o Imperador. Não vim buscar prisioneiros, mas sim colher sangue." Eram mortos como porcos, e atirados em valas lamacentas junto com os soldados comuns.

Cinco anos durou a violenta campanha. A autoridade imperial foi restabelecida incontestável entre as nações outrora rebeldes. A improvável vitória chinesa, entretanto, não saiu de graça para aqueles bravos cavaleiros. Após a exaustiva guerra, restavam apenas 3.000 homens sob o comando de Fu Yen-ch'ing. Mas inexistiam opositores à pequena tropa, e os conquistados temiam-na como se fosse uma horda de demônios. Alguns até juravam que o homem à frente dos cavaleiros chineses era o próprio Imperador, pois apenas o filho dos céus poderia obter sucesso tão estrondoso. O general sentia que o sabre imperial trouxera-lhe a vitória, mesmo sem nunca tê-lo desembainhado.

Entretanto, não quis o destino que as tropas voltassem em segurança para a querida terra natal. Na longa travessia das ermas vastidões, acharam-se sem guias locais, perdidos por regiões desconhecidas. As provisões estavam no fim, sobravam poucas armas ainda úteis para o combate. Acidentes naturais

A ESCRITA DE DEUS

de difícil passagem acabaram por desviá-los até o vazio árido e desértico, lar dos selvagens Khitans. Esses bárbaros tinham seu reino próprio, governado pelos mais brutais cavaleiros, hábeis na guerra com o arco e com a cimitarra. Odiavam o Império chinês, nunca aceitando a submissão. Tampouco interessava-se o Império em dominar bárbaros que tinham para oferecer apenas gado e cavalos. A fama de Fu Yen-ch'ing não deixara de atingir os ouvidos dos chefes Khitans. Estes, tomando conhecimento da presença da cavalaria imperial em suas terras, não hesitaram em ambicionar a morte do mais brilhante guerreiro inimigo.

Os primeiros batedores Khitans comprovaram o estado de penúria dos cavaleiros restantes. Exultantes, ternamente agradecidos a seus deuses animais, os bárbaros reuniram imenso exército sob o comando de seu rei, cujo único objetivo era vingar os povos da tirania chinesa. Vinte mil cavaleiros juntaram-se sob a bandeira Khitan. As proezas realizadas por Fu Yen-ch'ing, porém, instigavam imenso pavor no coração daqueles selvagens, e as tropas hesitavam em combater diretamente o general. Assim, ousaram apenas cercar as tropas imperiais, fustigando-lhes constantemente os flancos e os homens que afastavam-se para recolher suprimentos e água.

A situação dos ginetes chineses era desesperadora: perdiam mais guerreiros a cada dia, e mal conseguiam obter o necessário para o sustento mínimo. Tampouco podiam optar por uma batalha, pois a derrota seria inevitável. Os Khitans, conhecendo os atalhos e caminhos de sua terra natal, pressionaram os inimigos até um profundo vale, região mais quente e desértica de toda aquela vastidão. Os chineses, desprovidos de mapas detalhados e guias locais, caíram na armadilha sem nada poder fazer. Foram encurralados e presos no vale, cujas bordas foram ocupadas pelos vinte mil Khitans sedentos de sangue. Cruel, o rei Khitan não ordenava o ataque: sabia que a única opção de

A ESCRITA DE DEUS

Fu Yen-ch'ing era a rendição – desejava a suprema glória de capturar vivo o terrível inimigo, humilhando a China perante seus vizinhos.

O general acampou seus soldados no vale da melhor forma possível. Paciente, aguardava o desenrolar dos acontecimentos, evitando o combate, mas sem poder abandonar o vale. Logo, os poucos poços da região secaram, e os guerreiros viram-se obrigados a sugar a umidade de pedaços de lama. A comida era pouca, a morte, próxima. As fileiras diminuíam, e o inimigo esperava colina acima, como um abutre.

Exausto, Fu Yen-ch'ing percorria o acampamento, passando seus homens em revista. Espalhavam-se sentados no chão, quase sem se moverem. Os lábios estavam rachados, as carnes magras, e os olhos, vazios, mergulhados em um torpor distante. Mas tinham suas poucas armas ainda próximas ao corpo, as armaduras estavam vestidas e bem arrumadas, apesar de sujas. Ainda poderiam combater, ainda eram guerreiros, e não meros homens com fome e sem esperanças. Os sentinelas apoiavam-se em suas lanças, recurvados, mas mantinham os olhos nos movimentos inimigos. No fundo, todos sonhavam com o retorno à pátria, e, se ordenasse, lutariam uma última vez, pois seus espíritos guardavam o ânimo da batalha.

Deveria escolher entre a guerra ou as correntes. Na verdade, a opção era uma só – não se renderiam. Lembrou-se do Imperador, distante na adorada China. Quando o soberano era adolescente, Fu Yen-ch'ing fora seu tutor, responsável pelo treinamento militar do filho dos céus. Amava-o não apenas como senhor, mas também como filho; e acreditava que o próprio Imperador nutria-lhe grande afeição. Mil vezes preferiria o soberano pagar imenso resgate aos Khitans pelo seu retorno, são e salvo de volta à corte. Mas as ordens do Imperador haviam sido claras. Naquele seco fim de mundo, Fu Yen-ch'ing era o

Imperador. Suas responsabilidades já não tinham ligação com os desejos do senhor que investira-o de tal poder. Verdadeiramente, subsistia o único dever de guiar seus súditos, aqueles mil e pouco cavaleiros, com justiça. Voltariam para suas famílias, ou morreriam como guerreiros: nem como homem, nem como general, nem como Imperador, tinha o direito de barrar-lhes o destino.

Ele mesmo nutria o grande desejo de cavalgar para a batalha; não tardaria em ordenar um ataque suicida contra o inimigo. Perscrutou pelas fileiras Khitans, postadas em torno do vale. Na linha do horizonte, erguiam-se espessas camadas de poeira pelos céus. Fu Yen-ch'ing conhecia aquele fenômeno, típico dos desertos – uma violenta tempestade de areia, conduzida por fortes ventos, aproximava-se a nordeste. O general apressou-se, ordenando pelo acampamento que os homens todos se reunissem, armados e com seus cavalos. Dirigiu-se para sua tenda particular. Sozinho, ajustou a armadura castigada no corpo. Buscou alguma arma entre seus pertences. Sobrara apenas o sabre imperial, cuidadosamente protegido na negra bainha.

Fu Yen-ch'ing postou a bainha à cintura, como sempre fizera ao longo dos últimos cinco anos antes de ir para os campos da morte. Desta vez, entretanto, teria que combater com o sabre, o único recurso que lhe restara. Lembrou-se das suas vitórias, ao longo da vida guerreira; sob as ordens do Imperador, levava os homens à guerra, e jamais sofrera uma derrota. Nunca errara o soberano em escolhê-lo para o comando. Mas agora ele era o Imperador, e não tinha certeza sobre quais ordens seguir.

Desembainhou o sabre imperial pela primeira vez em sua vida. A arma era magnífica. O cabo cravejado de pedras ajustou-se à sua mão. Na lâmina reluzente via a sua face refletida. Girou-o várias vezes no ar, contra um oponente invisível. O balanço do sabre beirava a perfeição, os golpes seguiam-se como uma exten-

A ESCRITA DE DEUS

são do seu espírito e da sua vontade, cortando o ar com a própria fúria de seu coração. Hesitou diante daquele estupendo instrumento. Mas portou-o com dignidade fora de sua tenda, onde aguardavam-no em assembléia os guerreiros sobreviventes.

Penetrou no interior do círculo de cavaleiros, juntando-se, no centro, aos seus dois oficiais remanescentes. As nuvens de poeira varriam toda a região acima do vale, e já começavam a cobrir as colinas mais distantes do acampamento. O primeiro a falar foi o velho Tu Chung-wei, oficial experiente de dezenas de batalhas. Requisitou a palavra ao general, e assim disse para todos ouvirem: "Senhor, sabemos que convocaste-nos aqui porque desejas levar-nos uma última vez ao campo de combate. Longe de termos medo, ficamos felizes em saber que o único caminho além da vitória será a honrosa morte de guerreiro. Mas, senhor, dá prioridade à razão e à prudência. Vês a terrível onda de poeira que varre toda a região? Não é seguro combater em condições tão adversas: os guerreiros e os cavalos ficarão confusos, perder-se-ão com facilidade, acabaremos atacando uns aos outros. Esperemos, portanto, que terminem esses violentos ventos, para mergulharmos na batalha e, se assim os deuses desejarem, derrotaremos nossos inimigos."

Tomou então a palavra, irado, Li Shou-cheng, que tornara-se oficial apenas após a última batalha contra os rebeldes, substituindo um companheiro morto nas refregas. "Senhor, imploro-te que não escutes os maus conselhos. A batalha deve ser travada agora. Os Khitans são muitos, e nós, quase nada. Mas nessa tempestade de areia nunca poderão saber quantos somos. O vento é, nesse momento, nosso maior aliado. Vencerão os guerreiros mais valentes e destemidos – nesses quesitos, não podemos ser superados por soldados nenhum. Aproveitemos a cobertura de poeira que os deuses nos dão, e esmaguemos os inimigos que desejam nossa vergonha."

A ESCRITA DE DEUS

Os cavaleiros mantiveram-se calados, aguardando a decisão do general. Fu Yen-ch'ing olhou para aqueles homens reunidos à sua volta, e viu na espinha de cada um deles uma imensa serpente combativa. O sabre pulsou em sua mão, seu braço enrolou-se no sabre; conheceu sua decisão. Disse, em brado, aos soldados: "Guerreiros, vocês seguiram-me por cinco anos, dedicados e leais – nunca faltou-nos a vitória. Mas agora somos homens desesperados. É muito melhor morrer pela pátria que ir para o cativeiro de mãos algemadas. A guerra é nossa única saída. Entretanto, todos temos a esperança de rever a terra natal, retornarmos ao seio de nossas famílias. Sonhamos com a vitória, pois ainda não estamos mortos."

"Estamos aqui atolados nesse buraco desértico. Nosso único caminho é subir a colina e, enfrentando nossa própria fraqueza, atingir o caminho de volta para a China."

"Tu Chung-wei, vejo que fizeste muitos cálculos, mas em nenhum deles vive a esperança da vitória. Quando subires a colina, não estarás pronto para a luta, mas para a morte."

O general então, num único golpe de sabre, separou a cabeça do velho oficial do resto de seu corpo. Rolou o crânio pela areia seca, tingindo a lâmina virgem da fina espada de vermelho escuro. Atônitos, os soldados não sabiam o que pensar. Mais calmo, seguiu Fu Yen-ch'ing seu discurso: "Li Shou-cheng, prepara os homens em formação de cunha. Quando as nuvens de pó cobrirem todo o vale, encharcaremos esse deserto com o sangue daqueles que opuserem-se entre nós e a China." Os guerreiros exultaram e prepararam-se para o combate.

A areia tornou impossível aos homens distinguirem-se uns dos outros. Com os olhos quase totalmente cobertos por panos, a cavalaria imperial, liderada por Fu Yen-ch'ing, fez violenta carga colina acima contra o grosso do exército Khitan. O impacto da compacta massa de cavaleiros, aparentemente ma-

106

A ESCRITA DE DEUS

terializados do próprio pó que dominara o céu, alastrou o pânico entre as fileiras bárbaras. O general foi o primeiro a matar um inimigo, brandindo o sabre imperial num golpe circular que partiu o khitan ao meio. A onda assassina que se seguiu era impossível de ser contida. Nunca antes lutaram os chineses com tanto vigor, nunca cada um deles aniquilara tantos inimigos. Os ginetes imperiais mal notaram o tempo passar, pois lutavam sem nenhum medo da morte – nas breves duas horas que durou o combate, em momento algum o general abandonou a frente de batalha. O sabre imperial parecia-lhe a arma perfeita para aquela guerra. Um único golpe bastava para cada inimigo – destroçava-os o sabre como se fossem feitos de cristal; jamais perdia a lâmina o fio, e o sangue que coagulava-se por toda a arma apenas aumentava-lhe o sinistro aspecto. Fu Yen-ch'ing sentiu a inédita sensação do poder supremo de um filho dos céus.

Poder-se-ia descrever o combate como uma única e longa carga dos cavaleiros chineses. O exército Khitan foi desbaratado e posto em fuga. O general ordenou que seus homens parassem e descansassem, interrompendo a perseguição aos inimigos que fugiam. Montado em seu corcel totalmente ensangüentado, aproximou-se Li Shou-cheng, e pediu ao general: "Senhor, as imensas tropas inimigas fogem desesperadas deserto adentro. Nesse momento nada pode conter a fúria de nossos cavaleiros, ninguém pode resistir-nos, menos ainda esses selvagens. Continuemos nosso ataque até que não sobre um único bárbaro vivo. O ardor e o ódio não nos faltarão – traremos glória imortal para o Império e para nós!"

Silencioso, Fu Yen-ch'ing contemplou a desolação do campo de batalha. Aspirou o ar, percebeu o cheiro de sangue seco e do suor de seus homens. Os cavalos relinchavam exaustos, seu cansaço misturava-se ao gemido dos moribundos de ambos os

A ESCRITA DE DEUS

lados. Dentro dos olhos de cada guerreiro, viu os campos e as árvores da China, em cada boca, o gosto esquecido e imaginário de uma tigela de arroz quente. Até mesmo suas juntas doíam, e os muitos ferimentos incomodavam. Respondeu ao oficial: "Li Shou-cheng, vejo que desejavas a guerra apenas por um capricho, e, assim como Tu Chung-wei, também não estavas preparado para vitória, pois és incapaz de reconhecê-la estampada à frente de seus olhos. Teus impulsos são tão ruins quanto os cálculos daquele homem morto."

Fu Yen-ch'ing, que até então não havia guardado o sabre imperial, mergulhou-o profundamente no peito de Li-Shoucheng, atravessando-lhe as costas, dilacerando os ventrículos com sua afiada ponta. Caiu o oficial no chão, inerte. O general convocou os últimos cavaleiros sobreviventes, e disse-lhes: "Guerreiros, novamente alcançamos a glória da vitória... e agora é chegado o momento de voltarmos à nossa querida pátria. Sigam-me, e esqueçamos os horrores da guerra."

Durante a batalha, entretanto, não ficara ileso o general. Os contragolpes dos Khitans muitas vezes romperam-lhe a armadura, dilacerando grandes nacos de carne. Antigas feridas de combates passados reabriram-se. A areia penetrava nos cortes, infectando mais ainda os ferimentos. Terrível febre tomou conta do corpo cansado de Fu Yen-ch'ing. Delirante, a custo mantinha-se sobre o cavalo.

Os cavaleiros ajuntaram-se em torno do general, e seguiram seu trote lento. Fu Yen-ch'ing buscou a bainha para guardar o sabre, mas a perdera no meio da batalha. Viu-se forçado a mantê-lo erguido na mão direita, enquanto guiava suas tropas pelas gigantescas nuvens de pó. O caminho além das bordas do vale, onde travara-se o combate, seguia para cima, numa inclinação leve mas constante. Outra grande colina abarcava toda a região.

Quanto mais subiam, mais espessa tornava-se a tempesta-

A ESCRITA DE DEUS

de, mais fortes os terríveis ventos que alimentavam as areias. Fu Yen-ch'ing mal podia ver a trilha à sua frente, e, de seus homens, distinguia apenas a confusa sombra dos mais próximos. Os grãos rasgavam-lhe os olhos, e muitas vezes precisou fechá-los e seguir lentamente.

Cavalgaram por horas, mas não cedia a terrível cerração. Fu Yen-ch'ing divisou, ao longe entre a areia cortante, um cavaleiro todo revestido de pano, muito diferente de um Khitan. Carregava uma lança curta e um escudo de vime. O general interrompeu seus homens, e aguardou a chegada do inusitado estranho. Quando o ginete aproximou-se o suficiente, saudaram-se ambos os homens. O general foi o primeiro a falar: "Estrangeiro, sou Fu Yen-ch'ing, primeiro general da Terra do Meio, a China Imperial. Acompanham-me os soldados do Imperador, após longa campanha no exterior. Pergunto-te, que és tu, e o que fazes em deserto tão inóspito."

O estranho curvou-se em respeito, e respondeu: "Não sei de que nação falas, e tampouco me importa teu nome. Gostaria de dizer-te o meu, mas há muito não me lembro. Basta informar-te que era um guerreiro de um país longínquo, derrotado. Um medo perdido nesse vasto vendaval. Devo avisar-te, porém, como amigo. Escuta-me, vira de costas e volta de onde vieste. Não ouses penetrar mais no pó. Agora, ainda podes retornar, mas se deres mais um passo, jamais conseguirás abandonar essas areias que te cercam."

Perplexo, retrucou-lhe o general: "És um guerreiro estranho, amigo. O vendaval que tanto temes está entre nós e nossa pátria. Não recuaremos diante dele. Ora, nós o vimos formar-se com nossos próprios olhos, logo o veremos findar, também. Medo, não conheço povo nenhum com esse nome, mas, já que estás perdido, segue conosco até a China, onde ficarei mais que feliz de ajudar-te a achar tua casa."

Riu-se o estrangeiro das palavras do general. Virou de costas e distanciou-se, pronunciando um último aviso: "Seguir contigo vendaval adentro? Para quê? Eu já estou aqui. Mas rogote, antes de partir. Não subas mais. Achar-te-ás preso, sem conseguir ascender, mas tampouco poderás escolher cair, se quiseres. Volta agora."

O encontro com aquele louco pouco afetou o general. Reiniciou a cavalgada, seguido de seus homens. Logo o terreno inclinou-se severamente íngreme; o relincho do esforço dos cavalos era abafado pelo pó. Das encostas do escarpado que escalavam, o vendaval descia em avalanches, privando-os totalmente da visão. Mas a marcha não foi interrompida pelo destemido general.

Cavalgaram por horas, dias, meses, sempre subindo, todo aquele pó em volta. Fu Yen-ch'ing olhou para trás, e não mais viu seus guerreiros. Desesperado, o general desmontou e procurou por seus homens. Singrou perdido pela areia, jogando-se ao chão e tateando a terra em busca do corpo de algum deles. Gritou seus nomes, chorou piedade aos deuses. Não encontrou nenhum deles, tentou refazer o caminho de volta até algum lugar onde pudessem ter se abrigado. Mas o mar de pó destruía todas as referências, tornando impossível para o general localizar-se ou seguir novamente as trilhas que outrora adotara. Sua barba cresceu, a armadura desfez-se em pedaços. O sabre mantinha-se em sua mão direita, última ligação de sanidade do general com o mundo. Não compreendia a areia e achava que haviam lhe arrancado, escondido, os olhos. Gritava por seus cavaleiros, e prometia-lhes grandes recompensas por cada grão de pó que parassem com suas mãos.

Cansado, o sabre servia-lhe de bengala para caminhar. Fincava-se sempre um degrau acima no escarpado, auxiliando-lhe a subida. Um dia, conformou-se o herói com a perda de seus guerreiros. Imaginou-se em sua casa, junto de sua esposa e de seus filhos. Resoluto, prosseguiu cortando o vendaval, fincando o sabre na parede do monte quando não mais podia avançar. Usava-o de apoio, e subia mais um pouco.

Fu Yen-ch'ing atingiu o topo da montanha que por anos estivera escalando. Lá, erguia-se uma simples casa de madeira. Sedento, o general ansiou por uma bilha de água. Entrou na pequena construção, e deparou-se com o fantasma de uma imensa serpente. Assustado, preparou-se para recuar e correr, mas acalmou-o a serpente dizendo: "Homem, não fujas de mim, que não te farei mal. Não tens fome? Não tens sede? Por acaso não chegas aqui de longa jornada, e desejas banhar-te e descansar? Sem medo, aproxima-te de minha casa, que tudo isso posso oferecer."

O guerreiro ajoelhou-se para a serpente em agradecimento. A serpente preparou-lhe arroz cozido e peixe fresco. Serviu-lhe água pura e doce vinho de uva. Após saciar-se, pôde o general mergulhar nas águas quentes da piscina do jardim da casa. Limpo e satisfeito, deitou-se em um confortável tapume, e adormeceu como há muito tempo não fazia.

Quando o general acordou da longa noite, aguardava-o paciente a serpente. Comovido, agradeceu-lhe Fu Yen-ch'ing: "Senhora, não tenho como pagar os favores que me fizeste. Recebeste-me com grande hospitalidade, e se houver algo com que eu possa retribuir, pede-o que eu farei."

Terno, o fantasma respondeu-lhe: "Serás meu hóspede pelo tempo que desejares; se quiseres, passa a vida inteira aqui comigo. Os deuses ordenam-me abrigar todos aqueles que até aqui chegarem. Recebo muito poucas pessoas; mas vi muitos amigos morrerem junto de minha casa, após longos anos em minha companhia."

"Senhora, tua companhia me agrada, e desejo ficar aqui

A ESCRITA DE DEUS

contigo. Não posso, entretanto, afirmar que a deixarei apenas na morte."

Passaram-se os meses na casa da serpente. Mas logo entediou-se o general da rotina doméstica, e perguntou ao fantasma: "Senhora, quando tiveste outros hóspedes, o que faziam para divertir-se?".

"Conversávamos, como nós fazemos agora. Entretanto, com alguns poucos, disputava partidas de Go."

Fu Yen-ch'ing tornara-se, desde jovem, brilhante jogador de Go. Satisfeito por encontrar um divertimento que tanto o agradava, disse à serpente: "Senhora, jogo Go muito bem. Desafio-te para uma partida agora mesmo."

O fantasma contorceu as faces: "Não, Fu Yen-ch'ing, não desejo jogar o Go contigo. Gosto muito de ti."

Curioso, inquiriu-a o general: "Por quê? Que mal poderia fazer-me uma simples partida?".

"Decretaram os deuses que eu nunca poderia ser derrotada numa partida de Go. Aquele homem que escolher jogar contra mim deverá sentar-se em frente ao tabuleiro e disputar quantas forem as partidas necessárias para derrotar-me. Como tal tarefa é impossível, ou morrerá de sede meu oponente ou desistirá do certame. Entretanto, aqueles que desistem, não posso mais aceitá-los em minha casa – esses partem, em busca do próprio caminho."

"Então nunca desejarás, de livre e espontânea vontade, jogar Go com teus hóspedes?".

"Apenas a um oponente eu pediria jogo. Promete-me a lenda que um dia visitar-me-á um Imperador. Ele jogará Go comigo e, em uma das partidas, derrotar-me-á. Nesse dia, liberam-me os deuses de minha obrigação, e viverei junto de todas as outras de minha espécie."

Fu Yen-ch'ing espantou-se com a revelação de sua anfitriã. Desejoso de retribuir-lhe os favores concedidos, afirmou-lhe:

A ESCRITA DE DEUS

"Senhora, exijo então que jogues comigo. Sou um Imperador, e creio poder derrotá-la."

"Não tente agradar-me, hóspede. Que provas tens de que és um Imperador?"

O general mostrou à serpente o sabre imperial, magnificamente forjado. "Este sabre, arma inigualável, prova a minha afirmação".

O fantasma apreciou a perfeição do sabre. Concordou em jogar com o general, mas não tinha grandes esperanças de ser derrotado. Algumas vezes, já passara por situações semelhantes. Os deuses eram cruéis.

A serpente trouxe um tabuleiro e as peças. Sentaram-se um de frente para o outro, dando início ao certame. A primeira partida foi breve. Fu Yen-ch'ing empregou as técnicas mais famosas de abertura e meio de jogo – sofreu rápida e fragorosa derrota nas mãos da oponente.

O segundo jogo caracterizou-se pelos violentos ataques lançados pelo general. Mas o jogo da serpente era perfeito, e esta obteve belíssima vitória.

Na terceira partida, Fu Yen-ch'ing tentou espelhar o jogo da serpente. Apesar das disposições semelhantes, faltava ao general a técnica do fantasma e o ímpeto para destruir a posição adversária. Após acirradíssima contenda, triunfou novamente a serpente.

A anfitriã preparava o tabuleiro para a quarta partida, mas Fu Yen-ch'ing levantou-se e disse: "Senhora, não posso jogar um quarto certame, sei que não a vencerei. Acho que enganei-me, não sou realmente um Imperador. Creio ter apenas sonhado ser um. Perdoa-me privar-te de minha companhia."

"Fu Yen-ch'ing, jogaste muito bem."

Despediram-se. Presenteou-o a serpente com nova armadura e novo cavalo. "Segue o terreno plano à frente de minha casa, que talvez encontres o caminho para teu país" recomendou-lhe a serpente.

O general cavalgou por muitos dias em linha reta. Deparou-se, então, no fim de seu caminho, com um dragão transformado em Fu Yen-ch'ing. Montava em cavalo idêntico ao que lhe dera a serpente, suas armaduras não guardavam diferenças. Entretanto, não carregava o dragão uma cópia do sabre imperial, mas sim uma grande lança de madeira. Atônito, Fu Yen-ch'ing disse a Fu Yen-ch'ing: "Senhor, sou um infeliz viajante perdido. Procuro o caminho de volta a minha pátria, a Terra Média."

Fu Yen-ch'ing brandiu a lança no ar, e respondeu: "O caminho para a China é este que segue atrás de minhas costas. Mas afirmo-te: não permitirei que caminhes além de onde estás."

Fu Yen-ch'ing postou o sabre em posição de combate, e replicou: "Senhor, não posso agora desistir do rumo que tomei. Imploro-te que me dês passagem."

"Então venha, grande guerreiro, pois daqui apenas eu posso sair vivo."

O dragão atacou violentamente o general, a poderosa lança em riste. Apenas quando o sopro da morte bafejava em seu rosto, pôde Fu Yen-ch'ing desviar o golpe com o sabre, guiado pelo simples furor do combate. Mas recuou Fu Yen-ch'ing, e lançou outra precisa estocada com a lança. O conhecimento perfeito das técnicas de luta chinesas permitiu a Fu Yen-ch'ing defletir a ofensa do dragão. Os cavalos, feridos pela seqüência dos golpes, despencaram sem vida. Fu Yen-ch'ing desmontou e continuou a contenda a pé.

Um novo ataque lançou o dragão, o mais violento dos três. Mas quando a lança atingiu a carne de Fu Yen-ch'ing, penetrou-a sem feri-la nem colher sangue. Então Fu Yen-ch'ing viu a oportunidade de contra-atacar e, inteiro, desceu o sabre im-

A ESCRITA DE DEUS

perial diagonalmente ao corpo do dragão. Defendeu-se com a lança, que partiu em duas ao receber o dilacerante impacto do fio da lâmina. Fu Yen-ch'ing não podia aceitar a derrota. Nem Fu Yen-ch'ing, tampouco, concordaria em perder o combate.

Fu Yen-ch'ing girou o sabre imperial num longo semicírculo contra o crânio de Fu Yen-ch'ing. O golpe mortal foi o melhor já executado pelo general. Mas Fu Yen-ch'ing abaixou-se a centímetros de ser derrotado e, desviando-se do caminho da lâmina, esmurrou brutalmente a boca do estômago de Fu Yen-ch'ing. Caiu-lhe o sabre imperial da mão, desfaleceu ajoelhado no chão, arfante.

Quando clareou a sua vista, poderia ainda ter recuperado o sabre, que caíra próximo. Mas preferiu vomitar o pus liberado pelo impacto da pancada. Tomou então Fu Yen-ch'ing a arma do chão, e, aproximando-se do corpo ajoelhado de Fu Yen-ch'ing, cravou-lhe o sabre imperial nas costas, trespassando-o até o peito. Fu Yen-ch'ing sentiu o estilhaçar do sabre imperial em seu corpo, dissolvendo-se em mil cacos de metal. O dragão impregnando-se em suas veias e ossos exigia-lhe a consciência e o vigor. Rolou o corpo de Fu Yen-ch'ing por entre as areias e o pó.

Acordou o general amarrado a uma esteira de carvalho. A luz penetrou seus olhos e ele viu um de seus soldados com um pote de água na mão. Sentiu ataduras por todo o corpo; uma grande faixa protegia-lhe o tórax. O cavaleiro perguntou-lhe: "General, como o senhor se sente?". Fu Yen-ch'ing estranhou o acampamento em que estava, no qual os guerreiros remanescentes aguardavam sua melhora. Deitava-se sobre grama verde. "Eu... eu estou bem. Homem, conta-me o que aconteceu,... quando estávamos no vendaval de areia."

"Senhor, nós o seguimos pela tempestade. Entrevíamos sua silhueta à nossa frente, e continuávamos a cavalgada. Mas... em

A ESCRITA DE DEUS

algum momento, o senhor desapareceu, e... guiava-nos outro. ...Senhor, nós vimos coisas sobre as quais preferíamos não falar a respeito."

O general tomou o pote das mãos do guerreiro e bebeu com sofreguidão. Prosseguiu o soldado: "Quando findou a tempestade, estávamos nestas vastas pradarias onde acampamos. Achamos o senhor não muito distante, debruçado sobre seu corcel, mortalmente ferido e desarmado. Cuidamos do senhor desde então."

Fu Yen-ch'ing tocou suas feridas e livrou-se das ataduras. Retirou do peito a grande faixa, e apalpou as duas grandes cicatrizes. Doíam, mas estavam fechadas. Pediu comida ao soldado. Logo este trouxe-lhe uma pequena ave assada. "Senhor, os homens desejam saber para onde iremos agora."

"Voltaremos para a China. Por quê?".

"Eles temiam que o senhor os levasse até o inferno; não hesitariam em segui-lo se ordenasse."

Recuperado, novamente o general liderou seus homens, os poucos quinhentos cavaleiros que atravessaram por entre a tempestade. Voltaram em segurança ao Império, e espalhou-se a lenda de Fu Yen-ch'ing e dos guerreiros daquela campanha.

O general visitou, então, o Imperador. Este acolheu-o com grande pompa e honra e, depois, recebeu-o em particular. Ambos os homens abraçaram-se como os velhos amigos que eram, e choraram juntos. Comovidos, conversaram sobre a campanha, contou-lhe o general sobre as batalhas, as vitórias, os reis derrotados e mortos. O Imperador perguntou: "Amigo, disseram-nos os viajantes que estavas cercado por imenso exército de Khitans. Todos julgamos que estavas morto. Conta-me, o que aconteceu?".

"Senhor, não tememos a batalha, e derrotamos todos os nossos inimigos."

"E o meu sabre, Fu Yen-ch'ing: trouxeste de volta o sabre imperial?".

"Sim, eu o trouxe – em condição mais perfeita ainda do que quando parti."

"Eu sei. Passa junto de mim o resto dos dias, pois precisarei dos conselhos de um cavalheiro."

GISELA GISELA

A música que fluía através de Gisela era sempre fantástica, mecânica e sobrenatural. O marulho de seus dedos pela pele lisa e ebúrnea das teclas do piano mal podia ser percebido. Na verdade, todos permanecíamos imobilizados, atentos e maravilhados com aquela melodia compassada e aromática, que tanto sabor acrescentava a cada gole de vinho e cerveja.

Conheci Gisela pela primeira vez em uma quinta-feira chuvosa e fria, dessas em que os bares abertos praticamente não atraem clientes. Após um retorno terrível de uma viagem desagradável, tudo o que eu desejava era um bom gole de álcool e alguns petiscos quentes. Pedi ao taxista do aeroporto que me conduzisse ao primeiro estabelecimento fechado em que fosse possível beber algo e relaxar um pouco. Meu paletó estava tão encharcado que o homem teve pena e decidiu não me explorar. Avançou veloz pelo interior da cidade, deixando-me às portas de uma *Scotch House* de cujo nome não me recordo, e que já não existe. Satisfeito, dei-lhe uma boa gorjeta e agradeci a amabilidade.

A ESCRITA DE DEUS

Entrei na *Scotch House* apressado. Era um ambiente fechado de cor de madeira clara e velha, um pouco esfumaçado e silencioso além do razoável. Um garçom simpático recolheu meu paletó e, após as perguntas de praxe, indicou-me uma mesa apropriada. Sentei-me, o local estava muito vazio. De fato, ainda era cedo, devia ficar mais animado depois das dez e meia. Logo recebi o cardápio, e concluí que o local estava deserto por outros motivos que não o horário. Era particularmente revoltante o preço do *couvert* artístico, algo próximo de dezoito dólares.

A presença inquietante do garçom ao lado da mesa indicava que era o momento de fazer o pedido. Ordenei cerveja vermelha e uma porção de brioches com queijo. Não me conformava com o preço daquele *couvert* artístico. Perguntei ao garçom que atração era aquela, tão cara. Por acaso cantariam em inglês?

— Bom, senhor, não. Trata-se de um... concerto ao vivo.

O homem estava bastante sem graça. Concluí que muitas pessoas deviam fazer o mesmo tipo de observação irônica constantemente.

— Ora, e que concerto maravilhoso é esse? Algum músico cego?

— Não... é, bem, eu vou falar para o senhor, que é um senhor de bastante respeito. Sabe, esse preço chateia muito os atendentes daqui, mas, bom, fazer o quê, né? É a filha do dono que toca ao vivo, e o homem sempre coloca esse preço absurdo nas noites da filha dele. Sabe, é chato, né?

— É, fazer o quê. Traz a cerveja bem geladinha.

O garçom retirou-se apressado, temeroso dos olhares do dono do local. Os funcionários provavelmente repetiam esses fuxicos para todos os clientes, e pouco duvido que um ou dois não tenham sido demitidos por essa causa.

120

A ESCRITA DE DEUS

Logo chegaram a minha cerveja e brioches. Ambos saborosos, apesar de artificiais. Aguardava, curioso, a performance da filha do dono. Degustava a minha compra lentamente, provocando uma leve irritação nos garçons à minha volta. Mas, ora, já que eu iria pagar o *couvert* de qualquer forma, queria pelo menos escutá-la e fazer jus ao dinheiro. Às onze horas uma menina esguia e castanha, aparentando uns dezesseis ou dezessete anos, adentrou das portas dos fundos arrastando com dificuldades um teclado *Yamaha*. Velho filho da puta, nem usava o dinheiro do *couvert* para contratar uns ajudantes! E olha que era a sua própria filha.

A moça, talvez um pouco envergonhada, ligou o aparelho na tomada e sentou-se em um pequeno banquinho de frente para o seu público. Era interessante o efeito da fumaça do bar passando e cobrindo por sua cabeça e colo. As expressões faciais distorciam-se, e, após um tempo, era cansativo observá-la diretamente. De qualquer forma, a jovenzinha tocou apenas as porcarias de sempre: Celine Dion, Lara Fabian, Madona (é incrível como as porcarias de sempre nunca mudam; e nem poderiam – ainda assim, é meritório notar que a ausência do vocal contribuía para deixar o concerto e as melodias um pouco mais palatáveis). Até que a moça era esforçada, mas faltava-lhe o controle da música (simples resumo de suas emoções instáveis), que às vezes arrebentava sem compasso e sem ritmo, sons de teclas prensadas.

Terminei minha cerveja rapidamente, deixei dois brioches frios na cesta e pedi a conta. Aquela música metálica, pré-feita, irritava-me demais. Eu tocaria melhor músicas melhores por um preço bem menor; ela simplesmente desconhecia os mistérios dos pianos (um teclado é uma farsa de um piano), que se aprendem nas longas tardes sozinhas de chuva (eu sabia desses segredos bem, e afirmo que teria feito melhor). Dei uma boa

A ESCRITA DE DEUS

gorjeta ao garçom (que devia esperá-la depois de ter me contado a terrível verdade sobre o *couvert* – será que Gisela sabia de seu preço? Era possível que concordasse em tocar daquela forma, constituindo uma exploração? Qualquer aparelho de música faria igual ou melhor, não estaria envergonhada? Possivelmente, nunca soube de nada.). Esperei longamente por um táxi e fui para casa. Nesse dia, não soube seu nome.

Alguns anos depois (que absolutamente não fazem a menor diferença), encontrava-me em *La Paz* (estranha capital onde não se administra) a negócios. Procurava por artigos universitários de sociologia que pudessem compor um livro. Trabalho enfadonho, apesar de ser um excelente veículo para conhecer pessoas interessantes. Alguns professores logo tornaram-se meus amigos, e facilitaram muito a seleção dos alunos mais talentosos e esclarecidos (lembro-me de excelentes artigos de duas gêmeas).

Quando o livro estava pronto, fui convidado por autores felizes e professores satisfeitos a uma noitada boliviana de primeira. O aumento do número de páginas do livro, de trezentas para quinhentas, contribuiu sobremaneira para aumentar a amabilidade de meus novos amigos. Cruzamos a cidade em busca de diversão. Lembro-me muito pouco dessa noite, e minhas recordações são claras apenas a partir do momento em que penetramos em *La Casa Verde*.

La Casa Verde era uma espécie de recinto performático recém-inaugurado. Tratava-se de um bar pouco aconchegante, onde artistas jovens podiam apresentar-se e até mesmo receber gorjetas ou um pequeno cachê (quando eram bons). Era um ambiente enegrecido e metálico, que podia ser compreendido apenas dentro das tendências *fin-de-siécle* que apelavam para elementos arquitetônicos impessoais e tecnológicos. As cadeiras eram feitas de material sintético, o chão cinza refletia luzes escuras e os atendentes vestiam-se de plástico; lâmpadas varia-

A ESCRITA DE DEUS

vam do lilás ao azul-escuro, e nada mais claro, nada mais vivo – essencialmente, essas lâmpadas dançavam pelos salões, determinando os ritmos e movimentos das danças nas pistas, retirando a espontaneidade dos casais que acabavam de se conhecer, sendo já determinado que se beijariam, trocariam carícias e dançariam separados.

Eu e mais seis professores e três alunos penetramos *La Casa Verde* fazendo alarde e dando escândalos. Estávamos todos bêbados e cansados, mas os fins das noites guardam um resto de energia incompreensível que sempre tritura o corpo no dia seguinte. Sentamos em uma mesa menor do que as nossas necessidades e bebíamos *drinks* de nomes estranhos e que sempre poderiam ser cobrados mais caros do que o registrado no *menu*. Um *DJ* local alardeava o seu conjunto absurdo de acordes que mal podem ser chamados de música enquanto jovens ridículos espalhados pelas pistas lembravam-me muito de índios tentando dançar a polca.

A noite passava pelo gosto de álcool mal diluído nos copos. *La Casa Verde* (que nada tinha de verde, talvez uma evocação) esvaziava, e os barulhos do *DJ* já tinham acabado há tempos (é interessante e autocrítico que esses sujeitos raramente se chamem de artistas ou músicos). Bêbados descansavam em suas mesas, aquele não era um local que incitava ao contínuo consumo de *drinks* até o fim da noite (não se parecia desejar querer sair ilúcido dali). O nível da nossa conversa eventualmente melhorava, e rasgos de sobriedade e dor de cabeça clareavam. Uma música de baixo tom e baixa tocava por detrás.

Já pensávamos em ir embora e encerrar a noite quando anunciaram a estréia de uma promissora pianista brasileira. Soube então seu nome pela primeira vez, Gisela. Escondido pouco provável no centro de uma das pistas surgiu um piano, de ares antigos, madeira escura envelhecida doce e perfumada,

A ESCRITA DE DEUS

teclas africanas de elefantes e aliás no século passado; uma peça gigante dessas que se imaginam em castelos ingleses, soberbas e ridículas nas mãos de filhas burguesas do nordeste norte-americano, insossas e amantes de outros sons. Era, estranho. E, pelo ar asséptico de *La Casa Verde*, entrevi a jovem da *Scotch House*, transfigurada – um longo vestido escuro e longos fios castanhos de cavalo; seus olhos eram belos, e fixavam-se no piano. Estava mais velha, claro, mas todos nós sempre estamos.

Admito que não esperava grande coisa de Gisela – lembrei-me daquela noite anos atrás, e sua música era patética e convencional. Quase propus que fôssemos embora de uma vez, mas senti uma súbita curiosidade sobre qual teria sido a evolução da pianista. Gisela sentou-se no confortável banco de mogno, e quando seus braços alongaram-se e suas unhas brancas fundiram-se às teclas, a jovem pianista assemelhava-se a uma simples extensão do instrumento musical. *La Casa Verde* silenciava, suspeitando o início de uma primeira nota.

Quando o concerto iniciou, imediatamente percebi que nada daquilo era o que eu a princípio imaginara. A melodia crescia em tons inapreensíveis, as seqüências de notas, acordes e combinações escondiam uma inteligência inédita e além, sobrenatural. Cada prensar no marfim revelava um segredo em bosques guardados na cabeça das jovens francesas, e o alongar de um som no ar recordava um ponto inimaginável da mente do primeiro macaco que percebeu-se homem (as solfas em Gisela jamais haviam sido tocadas, e não tinham nome – o fim de seus adágios provocavam um medo frio das coisas que não se conhecem). Essas músicas não eram humanas.

O tempo dissolvia-se em cada nota. Tocou-se longamente, talvez muito além do começo do Sol, e ninguém em *La Casa Verde* desejava qualquer outra atração além de Gisela. O fim da música, a separação de Gisela do piano arremessava-nos brus-

124

A ESCRITA DE DEUS

camente de volta para o momento de onde não viemos. Ela levantou-se do banco, e queríamos chorar. Ela saía, talvez para os camarins, mas não era possível imaginá-la de outra forma que não pianista. A música que saía por ela não seria encontrada em outro lugar, e saber desse fato dava um medo medonho. *La Casa Verde* esvaziou-se, os clientes saíam tristes, talvez desejando aquela música uma vez mais, talvez desejando não tê-la escutado. A mim, eram os sons mais belos; mas restava a sensação de que não eram coisa para ser ouvida.

Logo nos separamos, fui abandonado em meu Hotel, todos frustrados demais para conversar sobre qualquer coisa. No dia seguinte retornei para casa.

Em seis meses, o livro vendeu razoavelmente bem (ainda mais considerando publicações acadêmicas, ainda mais considerando Sociologia). Vendeu tão bem que os estudantes bolivianos soaram infinitamente promissores. Havia aquelas a loira e a ruiva gêmeas, criadoras de artigos tão brilhantes, pontos de vista tão diversos, e, ainda assim, tão claros, compatíveis em sua sufocante incompatibilidade – cada tese exigindo a outra e tiranizando-a, complementando-se. Mudei-me em definitivo para *La Paz*, recolheria toda a espécie de artigos universitários produzidos localmente, tornei-me o agente boliviano da pequena editora minha patroa. Não lamentei a mudança – *La Casa Verde* ainda existia e bem.

Gisela apresentava-se todas as quartas-feiras, tornara-se uma atração perene e imensamente apreciada pelo público local. Comecei a ir vê-la apenas de recordação, mas a música viciou-me muito além do que eu poderia esperar. Ir todas as quartas-feiras até *La Casa Verde* tornou-se uma necessidade, uma refeição fundamental e ritual – um destino preestabelecido. Eu era refém daquela música.

Que sabor aqueles sons acrescentavam. Era como estar fora

de si próprio, era como deixar de ser humano e de ter espírito, era como escutar a fala de uma porta e entendê-la e solidarizar-se. E, certo dia, enquanto a espuma adocicava a minha boca e meus olhos fechavam-se para sentir as vibrações da atmosfera do piano, vi a mulher Gisela pela primeira vez. Olhei-a como se olham as mulheres na rua, e, nesses instantes, a música deixou de fluir e tornou-se angustiante.

Gisela não era bonita (ou talvez fosse). Mas desejei infinitamente possuí-la, aquela sua pele comum e seus fios castanhos, os olhos que vazavam para lugar nenhum. Desejei-a como se desejam as putas, queria obrigá-la a obedecer-me, seguir minhas ordens, falar o que eu desejasse que ela falasse, cantar o que eu desejasse que ela cantasse, queria que tocasse as minhas músicas. O desejo crescia com a admiração, de que aquela jovem mirrada suportasse aquela música, que permitisse o fluxo de sons por entre seu ventre e suas entranhas e seu hálito, todas aquelas notas mecânicas. Doía-me que outro a dedilhasse.

Assim minha concentração perdeu-se. Era-me impossível sentir a música em Gisela justamente porque havia Gisela. A cada nota que eu poderia apreciar, via a face e o corpo da pianista, e ora sonhava em jogá-la no chão e espancá-la (deixá-la humilhada no solo, seus olhos como no fim de cada concerto, suja, triste e insatisfeita), ora ela era uma Deusa perfeita e bela, mergulhada em rituais que lembravam os homens de coisas esquecidas e temores abandonados. A música era perfeita demais para Gisela, por que Gisela?

Por fim, concluí que a amava. Era mais Deusa que puta. Cada quarta-feira tornou-se um triplo inferno de ciúme, inveja e ciúme.

Fui até *La Casa Verde* em uma terça-feira pela manhã. Sozinha, Gisela ensaiava outra maldita música inédita, quando, meu Deus, eram compostas? Um ou outro funcionário arrumava a bagunça da noite anterior. Por um tempo observei a tristeza e a degradação da pianista. Tão jovem, que vergonha e destino, que senhor. Tão bela, que lindos cabelos castanhos. Pareceu-me estranho que eu amasse uma mulher assim, pareceu estranho que essas músicas fossem tão fortes e invocativas.

Aproximei-me dela solitária e toquei-lhe o ombro. Gisela virou-se lentamente e olhou-me esquisito, talvez irritada pela interrupção.

– É um belo piano.

– É.

– Parece bastante antigo.

– É.

– Você toca muito bem, belamente. Tão jovem, tão grande artista.

– ...

– É um piano agradável?

– ...

– Posso tocá-lo um pouco?

Gisela olhou-me sem olhar-me. Levantou-se devagar, talvez tremesse um pouco. Ela observava, esfregava as mãos uma na outra. Sentei-me no banco, e meus dedos tocaram o marfim.

Foi uma mudança estranha. Em pouco tempo, entretanto, compreendi o ocorrido. Odeio-o por tê-la tomado de mim. Torturo-o com a minha vontade, vingo-me impondo sons impossíveis além de qualquer mente orgânica, abandono-o no chão como um viciado. Mas Gisela... apenas porque o compreendo, não o mato; apenas porque sei, não o enlouqueço. As experiências não se comparam, mas com o tempo, acostumo, e não há mais resistência, apenas triste resignação, e uma ponta irritante de pureza.

Na platéia, sinto a presença de Gisela. Observa-o, e sorri. Puta maldita, observa-o e gargalha, atrapalha-me. Gisela, como

A ESCRITA DE DEUS

sinto saudade de perfurá-la e gritar pelas suas falanges; tantas vezes rasguei-te com madeira e perfume ocre. Minha vontade, seu toque. Mas a puta apenas ri. Tenho pena dele e faço os elefantes gritarem devagar e longo além dos tímpanos; preservo-o, que jamais perceba, é melhor não saber.

GRÃOS

A península era aparentemente um lugar comum, simples. Uma praia pequena, limpa, banhada por água lilás-escura. Chão macio encravado no fiapo de terra rochoso. Prefiro não dizer onde se localiza; tal sítio não deve ser visitado por qualquer pessoa.

Algumas lendas nativas falam a respeito de um lugar sagrado, onde os homens podem "ver" as idéias dos deuses deixadas pelo chão. Escondido, às vezes homens ou meninos o encontram. Costumam passar despercebidos. Raramente descobrem os segredos sussurrados na areia.

A primeira vez que soube da península foi conversando com um nativo que lá estivera. O homem não gostava muito de falar – disse-me que não tinha porque falar se jamais conseguiria dizer o que queria expressar. A nuvem gaulesa fora um sinal de que os deuses já não queriam que os homens soubessem seus pensamentos. Recusou-se a contar-me como chegar até a península.

Achei-a por acaso.

A ESCRITA DE DEUS

Durante a noite, formam-se delineados entre os grãos de areia ideogramas, símbolos próximos ou distantes, pequenos ou grandes. O raiar traz a primeira maré, que os apaga muito antes das sete horas da manhã (podem ser vistos apenas com a luz do Sol). Tais sinais, surgem centenas por noite (gosto de imaginar que compõem-se em conjunto, de três a cinco por lua – já discuti com outros homens por causa disso), apresentam um padrão particular, repetem-se, diversificam-se, variam.

Constituem uma escrita única. Um homem gastará muitos anos para aprendê-la, enfrentará imensas dificuldades para compreendê-la, e nunca conseguirá reproduzi-la. Os símbolos na areia não são lidos, nem apreendidos – dir-se-ia que podem ser sentidos. Talvez o termo "estar os símbolos" (para os idiomas que comportam tal verbo) seja mais apropriado. Pessoalmente, eu arriscaria "ser os símbolos por um momento pelo resto da vida sem mais sê-los."

Acusam-me de hermético.

O conceito de poesia, se levado até o fim de suas conseqüências e reconduzido às suas origens, resume-se ao belo; à beleza em si indefinível. Mas poesia e conceito de poesia não se confundem. A poesia é. Tudo que é, é poético. A totalidade reside na poesia: o que foi, o que é, o que será, e as suas possibilidades confluem para o particular infinito de um momento de poesia. Qualquer homem pode ser poeta; mas terá a poesia em um breve instante epifânico, próximo ao sonho. Fazer a poesia – escrevê-la, cantá-la – é reduzir a plenitude de um momento poético apenas a uma de suas facetas, uma de suas possibilidades infinitas. A linguagem, criação do homem, castra a poesia, equiparando-a a si mesma. É um veículo, que suja e deturpa parte do que transporta.

Os ideogramas expressam a poesia pura. Eles não são uma forma de comunicar a poesia, eles são a poesia. Guardam o

130

mistério último do belo que é e de suas infinitas hipóteses de forma. Um único símbolo contém toda a poesia em si próprio. Dois símbolos em conjunto também contêm toda a poesia, plenamente diferente da poesia do símbolo anterior. Ainda assim as duas poesias são a poesia plena, são idênticas, apesar de não serem a mesma poesia. Todos os símbolos de uma noite formam outra poesia, e os símbolos de um ano formam outra. E ainda um minúsculo fragmento de um dos símbolos carrega poesia maior que a do símbolo todo, e encerra todas as possibilidades de todas as outras poesias presentes, passadas e futuras, e suas possibilidades.

O contato com os ideogramas conduz à eternização do momento lúdico da poesia. Para um homem compreender até mesmo a menor parte de um dos símbolos precisa ter desvendado o seu próprio ser e suas possibilidades, e precisa ter desvendado todos os homens e suas possibilidades. Compreender um único símbolo é apreender todas as poesias de todos os símbolos e suas combinações, de todas as noites que existiram ou existirão, ou que poderiam ter existido ou podem vir a existir, sendo, ao mesmo tempo, todos os homens e suas possibilidades. E ainda assim cada símbolo, até mesmo os idênticos, são uma poesia única e total. E para cada homem, cada poesia única e total será uma poesia única e total diversa da dos outros homens. Mas tudo, no fim, resume-se à poesia.

Sou hermético. Simplifico: a poesia é na areia, tão ampla quanto a poesia, maior que as realidades.

Gostaria de poder dar exemplos, mas a linguagem arruína a poesia, deixa-a completamente incomunicável. Um menino disse-me que a escuridão assopra os grãos na praia. A idéia de uma lágrima estilhaçada parece-me conveniente. Muitos homens desistem de entender os ideogramas, não suportam acordar de

A ESCRITA DE DEUS

manhã cedo – compensam-nos os que conseguem –, deixam de ser homens.

Após entender os símbolos de uma noite, descobre-se o porquê daquilo, o motivo da península e dos ideogramas. Sabe-se da inutilidade de anotar os símbolos em um papel. Obviamente, os mesmos motivos são diferentes para cada homem.

Nas noites de outono, durante grandes vendavais ou tufões, há que se aventurar pela praia da península. Os ventos sazonais erguem os grãos de areia no ar. Vários grãos penetrarão nos ouvidos daqueles que estiverem ao léu, e enraizar-se-ão nos tímpanos. Cada um deles explodirá – momento fantástico de música pura, dotada das mesmas qualidades da poesia dos símbolos. Talvez a música, ao lado da poesia, seja uma das dimensões que abarcam o real. Essa música pode ser apreciada por qualquer pessoa, e todo homem comum deveria escutá-la pelo menos uma vez antes de morrer.

TRAILER

Surgiu-nos a idéia de escrever a estória seguinte após assistirmos ao *trailer* do último filme de Magnus Eliostrom. É, e o *trailer* foi bem melhor do que filme em cartaz, do qual nem sequer consigo me lembrar do nome. Eliostrom é um diretor sueco de certo renome pela Escandinávia, mas pouco conhecido fora da Europa; seus filmes são excelentes, verdadeiras obras-primas contemporâneas, carregadas de uma poética caótica e revigorante. Infelizmente, nunca assisti a nenhum filme dele, mas depois do *trailer* fiquei bastante ansiosa, apesar de não fazer a menor idéia sobre o quê trata a película.

Os *trailers* desenvolvidos por Eliostrom são, por si próprios, verdadeiras obras de arte, razoavelmente independentes dos filmes sobre os quais informam. É um conceito interessantíssimo, fazer do *trailer* um momento cinematográfico além do resumo ou da mera reprodução de algumas cenas do filme principal. Por exemplo, o primeiro filme de Eliostrom, "A Máquina Golconda", combinava o abuso de pesadas drogas psicotrópicas com sexo e violência (algo aparentemente banal), insinuando, porém, que a incapacidade dos usuários de libertarem a potência da droga em forma de literatura, criação e arte era o verdadeiro e único problema social proveniente do tráfico – a violência e o desequilíbrio psicológico, portanto, decorreriam não da utilização das drogas e seus efeitos (há um leve sugestão de que esses efeitos são, no geral, benéficos), mas sim da completa imbecilidade artística da juventude ocidental moderna. Caralho, que viagem! Viagem nada, olha só o que deu quando você foi escrever. Vai se fuder, tá! O *trailer* de "A Máquina Golconda" era curto e singelo: um garotinho careca de cinco anos, sentado em uma sala branca e vazia, era exibido por dois minutos desenhando uma casinha, um sol sorridente e plantinhas verdes ao redor de tudo. Legal, mas o *trailer* que nós vimos é melhor.

Bom, nós não sabemos qual é o nome do próximo filme de Eliostrom simplesmente porque o *trailer* não o informa. No começo, eu pensei: "Que porra é essa!", mas depois percebi que fazia muito sentido. Acho que a idéia do diretor foi tranformar esse *trailer* em um "suspense" relativo ao filme que está por vir. Não, não é nada disso; o *trailer* vai muito além do simples suspense; sei lá, é como se fosse outro filme, e prescindisse da película principal. Tá, pode ser; a idéia básica do *trailer* é a seguinte: nada se sabe sobre o filme que virá, a não ser o conjunto de possibilidades que a futura narrativa cinematográfica poderá assumir. Pré-existem elementos no *vórtex* do momento criativo, não utilizados e não configurados, pois eles ainda não se transformaram na narração (Eliostrom inverte a lógica filme-trailer; aqui, não é o *trailer* que é extraído do filme já pronto, mas sim o filme que é extraído do *trailer* em formação). Sim, esses elementos combinados e recombinados formam possibilidades para a narrativa cinematográfica. As inter-relações estabelecidas entre as várias combinações sugerem o futuro do

A ESCRITA DE DEUS

filme. Entretanto, como você disse, é apenas uma sugestão; não é possível, hora nenhuma, saber de fato sobre o que tratará o filme.

É difícil descrever o *trailer* em questão, pois os focos e as imagens apóiam-se muito mais em impressões sinestéticas (termo interessante) do que na racionalização das seqüências de imagens exibidas. Deve-se assistir ao *trailer* para ter uma boa idéia sobre o que nós estamos falando (é bem possível que ver esse filme sem prévio contato com o *trailer* seja inúptil e estúpido). Bom, de qualquer forma: há uma caixa cubicular esfumaçada; há três personagens de aspecto demi-humano (cinza, cinza e cinza), há um latido dentro de um tubo, há uma hora derradeira fixada em um relógio sugerido perene. Você se esqueceu da ampulheta esverdeada furada e repleta de mariposas. Sim, há também a ampulheta (talvez em contraste com o relógio). No fundo de uma tela de cor indefinida, foi disposta uma espécie de fita de filme fotográfico, dividida em uma quantidade variável de quadros negativos. Essa fita gira loucamente pela tela, e em cada quadro é apresentada uma cena, uma combinação dos elementos anteriormente citados (é possível que existissem outros além desses; após uma longa discussão, concluímos que não havia um halo esverdeado no canto superior esquerdo de um dos quadros – o quarto para mim, o décimo primeiro para ela). O girar veloz e caótico da fita funde e reorganiza as imagens de cada quadro irracionalmente, provocando experiências cognitivas diversas em cada espectador. Eu, por exemplo, identifiquei três situações bem definidas: os demi-humanos configurados em um único ser dissolvidos no vazar cinza; a caixa como um objeto de posse transformada em ambiente e a fumaça aniquilando a imortalidade do ponteiro das horas; o vazar do latido como um símbolo de desejo carnal e ainda assim puro. Já eu apreendi uma miríade infinita de situa-

A ESCRITA DE DEUS

ções perfeitas, que, infelizmente, sou incapaz de transformar em palavras – sei apenas que as mariposas representavam sempre as possibilidades mínimas. É possível que, quando se assiste ao filme, se perceba exatamente qual das possibilidades apresentadas efetivamente configurou-se. Imagino-a tão clara que ninguém a note ao ver o *trailer*, mas que todos a percebam no *trailer* ao ver o filme. Próximo ao fim do *trailer*, há um momento que todos experimentam: a longa imobilidade de uma tela puramente negra, quando a fita desaparece do cenário de fundo de cores indefinidas, que também somem de cena. Compreendo-a como a representação da impossibilidade plena. Não duvidaria que de fato esse é o filme que será narrado, e que Eliostrom nunca o filmasse. Concordo.

Entretanto, a experiência é extasiante. Não dá vontade de ver o filme a seguir; eu queria ir para casa e beber vinho e martini. A idéia era tão boa que decidimos, insuflados de fulgor criativo, recriar o conceito em um conto de dupla autoria - queríamos uma estória de possibilidades e não de fatos, no qual nem mesmo uma possibilidade fosse escolhida. Eu havia tomado sorvete, sinto-me gigantescamente criativa quando tomo sorvete de creme. Obviamente, falhamos em nosso intento, mas foi bastante divertido. É, você fica muito besta quando se mete a escritor. E foi bom por que depois nós ficamos bastante... excitados, e.... Ai, seu idiota, pára!

A criação literária defronta-se com uma série de problemas, os quais, obviamente, tivemos que enfrentar. É, levou bem umas seis horas até que a gente terminasse a estória toda. É claro, você tem um monte de idéias imbecis que não servem para nada. Nada disso, você é que é muito chato e não aceita nada do que eu proponho. Ah, é? É sim. E aquele problema todo com o nome da personagem? O que tem o nome da personagem? Nós não tínhamos combinado que nomes são essen-

136

A ESCRITA DE DEUS

cialmente possibilidades, e que, portanto, as personagens não deviam ter nomes? É, mas *Brunette* ficou legal. Por que *Brunette*? Sei lá, vi uma vez em um *site* pornô, achei legal. Sei,... ei, quando você era pequena, *Brunette* não era o seu apelido? O que é isso?! não era não. Ah,... era sim, eu lembro que você me contou. Você está é doido de dizer que o meu apelido era *Brunette*, pára com isso! Sei. Ora, e além do mais você escolheu o nome das outras personagens. Mas as outras personagens não têm nome nenhum, exatamente como nós havíamos combinado anteriormente! E daí? a escolha dos nomes delas foi sua do mesmo jeito. Tudo bem, mas não foram só essa as suas complicações. É mesmo?... e quais foram as outras? Ora, e aquela tira de cobra coral falsa marcando o livro? Qual o problema? Que coisa mais louca, uma tira de cobra coral, e ainda por cima falsa. Não tenho culpa, eu vi uma tira de cobra coral, era uma tira vermelha e negra, e como não parecia pele, bom, era de coral falsa. Você é louca. Louca o quê! a tira estava dentro do livro e pronto.

No fim, até que a estória ficou boa. É, foi muito legal escrevê-la. De fato, creio que se trata de um presente. De fato. Um presente seu para mim. Um presente seu para mim.

BRUNETTE

Quando *Brunette* entrou na biblioteca, sem ter absolutamente nenhuma idéia sobre o que estaria fazendo àquela hora naquele local, havia uma única mesa vazia, equipada por uma única cadeira velha e vazia. Sobre a mesa dispunha-se um livro fino, de capa de couro verde que transforma qualquer livro em livro. O último leitor provavelmente deixara-o lá, após ler um ou dois contos (que são exatamente – apesar de poucos sabe-

A ESCRITA DE DEUS

rem disso – as condutas recomendadas em uma biblioteca: ler os livros e deixá-los sobre a mesa).

Brunette sentou-se, chateada por causa da absoluta falta do que fazer, e, entediada, tomou o livro à sua frente para dar uma olhada. Abriu-o, estava marcado em uma página específica por uma breve fita negra e vermelha de couro de cobra coral falsa. Estranhíssimo que um marcador dessa estirpe estivesse dentro de um simples livro de biblioteca (mais estranha ainda era a sinistra natureza do referido marcador[1,2]). Colocou a fita de lado, não sem antes se sentir repugnada e obscuramente atraída, e olhou para a folha que estava sendo marcada. Tratava-se da primeira página do conto "Espéculo". Rapidamente folheou o livro – era um conto pequeno, duas ou três páginas. Ora, não tinha nada mesmo para fazer...

Leu-o desatentamente, vagarosamente. O fim da leitura prenunciou sentimentos e pressentimentos inusitados. Aquele conto era sobre ela. Não, não, que besteira. Essa era uma idéia irreal, diga-se, literária. Em mais de um romance já lera personagens julgando-se o objeto de algum relato, ou sabendo-se destinatários de cartas endereçadas a outrem. Mas,... obviamente aquele conto era sobre ela. Estava claro. Mas não podia ser. Mas

---

1. Uma vez que se trata de um conto de dupla-autoria, a co-autora gostaria de expressar a sua revolta e desgosto em ter sido obrigada a aceitar a presença do conteúdo dos supra-referidos parênteses na estória. Nada há de estranho na utilização de uma tira de couro preto e vermelho de cobra coral falsa como marcador em um livro de biblioteca, na verdade, trata-se de uma prática normal e bastante comum. Se o co-autor, que obrigou-a a aceitar o comentário sobre a estranheza do marcador, acha essa espécie de marcador estranho, é porque se trata de um alienado que jamais utilizou um marcador porque jamais leu nada com mais de cinqüenta páginas.

2. Por favor não se importem com a nota acima e sua total irrelevância. A co-autora encontrava-se em um estado de completa embriaguez, e não pode ser responsabilizada pela sua falta de senso. Tanto que não percebeu a presença desta nota até ser tarde demais.

era não podendo. Mas pode ser quando não pode? Ser é ser, poder não é ser. O conto era sobre ela.

Mas não era possível, apesar de ser de fato o que ocorria. De alguma forma sinistra a narrativa em questão referia-se diretamente a ela. A incompreensível necessidade da queda de lágrimas, de um medo inexplicável da transfiguração da realidade em uma mentira mais bela e melhor construída, e, portanto, mais real que a realidade, supra-real. Assim, as incongruências do texto com os fatos de que ela se lembrava eram superadas pela prevalência do narrado sobre o vivido – e *Brunette* sentia-se deixando de ser ela mesma para ser ela outra.

Entretanto, precisava ter certeza. Assustada, leu o conto mais uma vez, com bastante calma, muito atenta, permitindo a atuação de cada palavra bem além de qualquer memória, refiguração de lembranças, deturpação temporal.

[

"*ESPÉCULO*

Senhora superposta às outras por uns breves dez minutos, nem sequer sei como começar a ditar sobre você. Trata-se de uma tarefa ingrata, já que isto não é um relato confessional pseudo-amoroso, uma vez que as palavras não servem muito bem quando querem dizer (melhor, dizem sem querer) mais do que significam (imagino um dicionário que acompanha cada sentença escrita – nele, define-se o sentido de cada palavra para aquela sentença específica; obviamente, logo surge a impressão de um *looping*).

Bom, houve um momento em que a olhei e percebe-se uma sensação de que já observei seu rosto algumas vezes (olhos e sorriso, fixados do passado o registro da sua face no *ever-moment* em que a reconheci como fato conhecido).

A ESCRITA DE DEUS

Quando soube seu primeiro nome, seguiu-se uma maré vagarosa e constante de contra-reflexos incertos e ondulares. A fixação da vazante exigiria a completa incontabilidade dos dicionários. Mas é possível colher com uma peneira minúsculos fragmentos do pré-reflexo inrefletido devir-reflexo.

Olhos absolutamente terríveis, par de cristais brilhantes que deveriam ser proibidos, impossibilitados de ser. Convexos abertos possibilitadores de penetração prisioneira repenetrativa, infinitivamente pré-claros de luz lunar. Íris lembrança da espuma esverdeada fragmentária de noites frias (de fim de ano, aquela quantidade de barquinhos brancos acesos nas águas). Uma queda.

Real. Sei de corpos próximos tocando uns aos outros, de um desejo entrevisto no seu sorriso e contra-refeito em mim não conheço bem onde. Havia uma música, e você cantou seus versos para mim (*If you were in my heart, I'd surely not break it* – ou algo assim), e nossas mãos tocavam-se em uma espécie de fuga *in toccatta* (extensões finais dos braços redefinidoras da essência humanidade). Tratava-se de um fluir ruidoso, de um quebrar nas rochas das falésias antes de qualquer resvalar arenoso.

Uma conversa curta absolutamente sem sentido (o lado negro da existência de dedos), na qual, bom, você tinha namorado (a inserção do banal em um discurso poético é horrivelmente desestabilizadora – barquinhos brancos inencalhados rumam para o meio do *vórtex* aquoso). Um lento recuo até a areia secar banhada de calor.

O *vórtex* é o centro no qual se pode pensar sobre a diferença entre fatos e as infinitas possibilidades de fatos. A dissociação entre o passado simples e o futuro do pretérito. Não há.

Entretanto, seus olhos eu conhecia próximos em outra mulher próxima com a qual pouco jamais conversara. Sorrisos

A ESCRITA DE DEUS

paralelos na altura do chifre africano. É possível perceber o que fui forçado a fazer? É possível conhecer as obrigações exsurgidas do auscultar uma concha? Espelhos fundaram a psique humana.

Lembrei-me do seu segundo nome. Será necessário aproximar-me, aos poucos, conversar com ela, agradá-la com chistes curtos e fluidos, transmutar o desconhecimento semi-completo em amizade e confiança. É preciso desvendar nela o que já sei desde o momento em que me lembrei de seus olhos nela.

Qualquer dia, um convite para sair. Algo simples, um cinema repleto de comentários sobre os *trailers*, buscar livros verdes em livrarias, comer um sanduíche cheio de *catch-up*, o estranho constrangimento na rara percepção do roçar de peles sinceramente involuntário e previsível. Talvez, no fim da noite, tomar um sorvete.

Outros convites para sair, dessa vez aprofundados. Cada filme um progressivo deitar nos ombros, um suspiro quente próximo ao ouvido, piscoso e poroso. Um halo verde nos sonhos após a volta para casa, após deixá-la e olhar o espéculo.

Um dia, o sanduíche transmuta-se na penumbra de um restaurante alongado, *catch-up-café-au-paris*. Dançamos, colados, e recantam-se outros versos musicais diversos significando exatamente a mesma coisa anteriormente. Jogo-conversa já terminado.

A consciência-espéculo (carne-espéculo, ausência côncava) confirma sua vitória-derrota substitutiva no derradeiro final lírico. O beijo, repetição do *momentum* passado elevado agora, ontem, à categoria real, fática."

]

Brunette fecha o livro, mareada na cadeira.

Talvez, então, mergulhada na biblioteca, eu sinta o inundar de seus lábios.

As Placas Bachkírias

I

Apesar de ter ocupado por muitos anos a cadeira de História da Universidade de St. Petersburgo, o professor Sergei Alenichev é pouquíssimo lembrado por sua carreira acadêmica, até mesmo entre os círculos intelectuais russos. Na verdade, o ilustre doutor teve uma vida de todo obscura. Nascido por volta de 1830, no pequeno vilarejo ucraniano de Fastov, foi ainda cedo acolhido por um de seus tios paternos, burguês abastado, que, tendo tomado gosto pelo garoto, patrocinou seus estudos na Alemanha. Em 1855, dotado de um profundo arcabouço cultural liberal, Alenichev voltou à sua terra natal e, por ordens expressas do Tzar, foi incorporado ao quadro docente de St. Petersburgo. Em 1903, poucos dias depois da publicação de seu último livro, o idoso professor morreu assassinado a caminho da Universidade por um dos cavaleiros da Guarda Cossaca, Vlatt Gotchenko, que alegou tê-lo confundido com um importante terrorista de tendências marxistas, distribuidor de panfletos de

A ESCRITA DE DEUS

Lênin. O pobre velhote não resistiu e, após levar três tiros do soldado, teve ainda o ventre perfurado por sabre retorcido. Concluído o inquérito policial, Gotchenko foi inocentado, dada à vital relevância, ao menos putativa, da atitude que tomara.

Pouco se sabe a respeito do dia-a-dia universitário de Sergei, dada à terrível ausência de documentos que tenham registrado disciplinas ministradas, listas de alunos, projetos conduzidos, etc. (os vários momentos de caos na Rússia providenciaram o desaparecimento de tais papéis). Importa-nos, entretanto, os livros escritos por Alenichev, quatro deles científicos e uma auto-biografia.

O primeiro livro, datado de 1862, chama-se "Ucrânia". Considerado um texto vigoroso, condensa os primeiros estudos acadêmicos do professor, dedicados à evolução política da região entre o *Dnestr* e o *Sev Donets*, desde a Antigüidade até a queda de Napoleão. Esse livro, o mais fácil de ser encontrado hoje em dia, foi muito bem recebido pela crítica da época, vindo a alcançar sua vigésima edição em 1888. Até mesmo a crítica contemporânea julga-o importante. O eminente jurista soviético Pasukanis, em conferência realizada por volta de 1920, em Kiev, ao tratar dos desafios jurídicos da República Soviética, ter-se-ia referido ao "Ucrânia" como:

Uma obra de fundamental importância para a compreensão da maioria dos problemas inerentes à Rússia Ocidental. Apesar de o professor Alenichev inevitavelmente ater-se aos esquemas historiográficos característicos do século passado, seus comentários pessoais, no correr do texto, decuram as questões e dúvidas mais importantes pertinentes aos fatos políticos narrados. Nota-se, inclusive, uma incipiente preocupação com a economia e o homem comum, uma preocupação com o povo e a vida da Rússia.

Os outros livros escritos por Alenichev são considerados de uma qualidade bastante inferior à sua estréia científica. A

A ESCRITA DE DEUS

segunda obra foi editada apenas em 1873, após um longo afastamento da produção acadêmica. Durante esse período o professor dedicara-se ao estudo das famosas placas bachkírias. Esperava-se que Sergei tivesse preparado um cuidadoso tratado relatando seu longo estudo de dez anos. Estranhamente, o livro publicado chamou-se "O Povo dos Urais", e atingiu tão somente a terceira edição, produzida com o apoio exclusivo da Universidade de St. Petersburgo. Antes uma obra filosófica que histórica, o segundo livro de Alenichev recebeu críticas duríssimas, sendo considerado péssima filosofia até mesmo pelos seus amigos docentes. Alenichev preocupou-se em traçar a pseudo-história de um suposto povo que existiu por volta do século VIII a.C., na região dos Urais Meridionais. Os vários episódios inventados carregam uma clara carga moral, que, no entanto, não formam um sistema filosófico apreensível. As diversas proposições não combinam, não se harmonizam, não guardam lógica entre si. Poucos estudiosos dedicaram-se seriamente a compreender tal obra. Cuidaram dela principalmente algumas escolas francesas. Comenta-se que Le Goff, certa vez, teria dito a alguns de seus seguidores:

Alenichev é um exemplo do homem do século XIX que beira o genial, o sublime, e, no entanto, é limitado à mediocridade, à positividade castrante. O seu "O Povo dos Urais" é quase capaz de inovar o panorama intelectual dos idos de 70. Entretanto, falta-lhe a ânsia de concluir-se por si, ao invés de podar-se pelo pensamento de seu tempo. Suas idéias parecem "parar no meio" e, em vez de atingirem o ponto que deveriam tratar, são substituídas pelo lugar comum. Por exemplo, na página 123 está escrito: "Ugrar [o líder] queria ter terras próximas ao mar. E gritou que queria que as montanhas se tornassem água. Mas Lison [o xamã] disse que, se as montanhas se tornassem água, o povo teria vindo da água, e seria peixe, e não respiraria ar." – note-se que, utilizando uma linguagem simples, Alenichev induz um problema de relatividade temporal precursor de importantes tendências contemporâneas. Porém, não chega a alguma conclusão, qualquer que ela fosse; em seguida,

145

A ESCRITA DE DEUS

apenas diz: "Os homens de olhos pequenos atacaram o acampamento, e o povo foi defender-se." Alenichev nem mesmo opta por recusar a questão, ou até mesmo abandoná-la, afirmando a impossibilidade de uma solução – o próximo parágrafo trata de uma moça chamada Cirla, e introduz problema diverso. Nada faz a respeito do problema anterior, nem mesmo o nada fazer. Recomendo que estudem outros autores mais importantes.

O terceiro livro, de 1880, intitula-se soberbamente "Contra Kant" e alcançou um pequeno sucesso na Alemanha, onde alguns editores socialista-revoltados fizeram questão de publicá-lo, mesmo sem lê-lo. A idéia do livro em si é interessante: procura-se refutar a noção kantiana de imperativo categórico argumentando-se que todo homem, ao raciocinar sobre seu próprio agir moral, não ignora os outros homens em prol apenas de sua consciência. Pelo contrário, cada homem mede o "limite" suportado pelos outros homens às suas ações, avaliando a extensão das possibilidades de efetivar seus desejos e aspirações sem receber uma sanção moral dos outros homens. Apesar de a idéia ser razoável, Alenichev não a desenvolve de forma satisfatória. A maior parte da obra limita-se a explicar a filosofia kantiana, sendo que apenas os dois últimos capítulos contêm a crítica ao filósofo de Konigsberg. Os argumentos são poucos e dispostos imprecisamente; de fato, são incapazes de destruir as bases do pensamento moral kantiano. É comum que após uma frase afirmativa siga-se imediatamente uma frase inversa, constituindo a negação da primeira. Para o leitor resta uma terrível sensação de incerteza. Por exemplo, na página 352 está dito que: "Um homem pensa primeiro em seus filhos do que em sua moralidade." – mas em seguida diz-se: "Os filhos pensam primeiro na moralidade de seu pai do que em seu pai." A primeira frase é esvaziada de seu conteúdo moral-pragmático pela segunda. Alenichev não trata mais profundamente de ambas as idéias. Não se tem notícia de algum grande comen-

A ESCRITA DE DEUS

tador de "Contra Kant". Entretanto, o desconhecido "filósofo" bávaro Otto Buskirk, em seu brevíssimo artigo provinciano "O que se diz sobre Kant", afirma:

> Ao compararmos os oito primeiros capítulos de *Contra Kant* com seus dois últimos, temos a sensação de que Alenichev, em verdade, está defendendo a filosofia kantiana contra as suas próprias idéias pequenas e malajambradas.

Alenichev escreveu seu penúltimo livro em 1886 e, estranhamente, obteve um certo sucesso póstumo. O *Anjo Russo* é uma coletânea de frases soltas e desconexas, novamente a respeito do povo dos Urais. A estranha estrutura da obra compõe-se de verbos desprovidos de predicados e sujeitos apostos a predicados sem verbos. As orações compostas com verbos de ligação são as únicas das quais se pode apreender o sentido; as outras apenas indicam alguma idéia ou afirmação, mas sempre inconclusivamente. Sugeriu-se que Alenichev tenha escrito a obra em estado de sonambulismo. Aleister Crowley afirmou a um seleto grupo de amigos que o "Anjo Russo" era na verdade um grande quebra-cabeças, ao qual ele dedicara um ano para decifrar. Mas, quando leu o verdadeiro sentido por detrás daquele aparente pandemônio, após ordenar corretamente os verbos, sujeitos e predicados, sentiu-se obrigado a queimar o manuscrito que produzira e esquecer-se completamente do que descobrira. De qualquer forma, o "Anjo Russo" obteve grande popularidade entre alguns círculos dadaístas suíços, tomado como um dos precursores do movimento. Alguns desses vanguardistas juram que bem mais de um bidê pintado de roxo foi inspirado na obra de Alenichev. Por fim, completando a anedota anteriormente contada, Le Goff teria ainda dito:

147

A ESCRITA DE DEUS

Mas, se vocês forem ler "O Povo dos Urais", leiam também "Anjo Russo". São, de fato, dois volumes do mesmo livro, que, infelizmente, padecem dos mesmos defeitos, ainda que diversamente.

O último livro foi publicado em 1903, após longo interlúdio, dois dias antes do assassinato de Alenichev. "Memórias" é a obra menos conhecida do professor. É uma pena, porque é seu escrito mais científico, é o trabalho que finalmente trata das placas bachkírias. Quando Gotchenko alegou que matara um traidor, o Tzar ordenou o recolhimento de todos os "Memórias" recém-impressos, pois poderiam conter material subversivo. Tais livros foram posteriormente usados para aquecer soldados russos durante a Grande Guerra. Restou um único exemplar, perdido pelas bibliotecas da Universidade de St. Petersburgo. [...]

IV

Durante o reinado de Pedro, O Grande, uma obscura expedição militar encontrou, às margens do *Belaya*, na selvagem Bachkíria, sinistras placas de barro cozido, gravadas com estranhos símbolos em alto-relevo. As placas, todas sempre quebradas, foram remetidas ao Tzar, que demonstrou profundo interesse por essas relíquias. Entretanto, inexistia na Rússia algum nacional capaz de estudá-las apropriadamente, e Pedro não queria que estrangeiros decifrassem o significado daquele tesouro russo.

De qualquer forma, o Tzar ordenou várias outras expedições de busca na Bachkíria. Foram descobertas mais placas pelos vales da região, adentrando a Tartária até as margens do *Volga*, onde encontraram-se as últimas. No total, seis expedições localizaram cinqüenta e quatro placas, nenhuma delas in-

148

A ESCRITA DE DEUS

teira. Muitas eram bastante parecidas entre si. Pedro prometeu grandes recompensas aos sábios russos que pudessem decifrá-las. Dois ou três tentaram, sendo que um deles, Tsentatov, apresentou suas conclusões ao Tzar. Fruto de meras invenções cobiçosas, seus argumentos não convenceram Pedro, decorrendo daí a execução de Tsentatov.

Por fim, Pedro esqueceu-se das placas e incorporou-as aos tesouros artísticos da família real. Diz-se que Catarina dedicou algumas noites à contemplação de tais placas, mas logo desinteressou-se do assunto e largou-as de volta ao tesouro.

Pelos idos de 1862, uma reavaliação do patrimônio real desenterrou as placas deixadas de lado havia muito. O Tzar solicitou à Universidade de St. Petersburgo que realizasse um estudo aprofundado das placas, verdadeiras preciosidades culturais nacionais, símbolo da grandeza passada dos pais do povo russo. Alenichev, prestigiado pela recente publicação do "Ucrânia", foi considerado o mais apto para trabalhar com elas. Os próximos dez anos de sua vida foram dedicados à tentativa de decifrá-las, ocupando grande parte do tempo do professor. Ao cabo desse período, Sergei apresentou um relatório inconclusivo, declarando a impossibilidade atual de tradução das placas e solicitando a dispensa de novas tentativas, que redundariam infrutíferas. Seu pedido foi atendido, e severas foram as críticas acadêmicas pela imensa perda de tempo de Alenichev.

As "Memórias" não deveriam chamar-se assim. Tratam unicamente das placas bachkírias e dos frutos dos estudos realizados nos dez anos supracitados. Alenichev esclarece a natureza e o método do seu trabalho, e relata, ainda que perturbadamente, suas conclusões particulares.

Principia-se o livro:

A ESCRITA DE DEUS

As placas bachkírias perseguiram-me vorazmente pelos anos. Passei o resto de minha vida tentando em vão escapar de suas conclusões. Todos os meus esforços buscavam apagá-las de mim, mas, ao fim, apenas corroboravam mais sua força impulsora. Agora não fugirei mais. Sonho que, ao escrever o que não tenho possibilidade de fazer, obtenha a catarse para o meu mundo à minha volta.

Ao lado desse parágrafo há uma pequena glosa de caneta tinteiro:

Pouco antes de ser morto o homem estava completamente louco. Acredito que o vício do absinto, relatado por vários taberneiros, tenha-lhe destituído o espírito e provocado as alucinações expostas ao longo da obra.

As cinqüenta e quatro placas achadas constituem, de fato, partes quebradas de placas maiores. No total, é possível identificar treze placas distintas, numeradas, sendo que vários dos fragmentos são idênticos, ou relatam um pouco a mais ou a menos do que outro fragmento. Dessas treze placas apenas duas estão completas, e outras duas estão quase completas.

Dispus as placas da forma correta, e copiei-as em papel carbono. Quando devolvi-as ao Tzar, desorganizei-as. Os desenhos em carbono encontram-se reproduzidos ao fim do livro.

Infelizmente, essas páginas foram arrancadas.

Os ideogramas em alto-relevo formam um alfabeto muito próximo do alfabeto fenício que serviu de base para as escritas ocidentais. O problema relativo a cada símbolo consiste em identificar os contornos em baixo-relevo em volta do alto-relevo para decifrar qual "letra" ele representa. Tomando um exemplo fictício, conquanto seja fácil entender que O é o, não é tão simples entrever que ⬓ é a. De qualquer forma, as análises dão-se, na maioria dos casos, por comparações com sinais gráficos da Antigüidade.

O sentido de sílabas e palavras pôde ser apreendido por meio de um estudo comparado com as línguas e textos do mediterrâneo e oriente próximo. Alenichev destaca principalmente o grego antigo, o latim, o fenício, o persa antigo, o sânscrito, e, estranhamente, alguns ideogramas chineses. Sugere-se que o alfabeto das placas seria o primeiro alfabeto indo-europeu, ou até mesmo o alfabeto indo-europeu. Por questões lógicas, problemas fonéticos e semânticos muitas vezes restam insolúveis. Percebe-se a quase total ausência de vogais seguidas uma das outras (o único par encontrado foi algo semelhante a ai ou ay – por sinal, eram 7 as vogais, completadas por sinais análogos a i-y e u-w). As consoantes não costumam se repetir em uma mesma palavra. A estrutura lingüística apresenta sufixos e prefixos abundantes, orações com verbos em seu princípio e pouquíssimos exemplos de períodos compostos. Não se pôde identificar a existência de preposições. Alenichev conclui que a língua em questão apresenta algumas divergências sérias da tradição ocidental, mas ainda assim faz parte dela, é, talvez, sua origem. Destarte, vários símbolos não puderam ser decifrados, e, às vezes, nem mesmo uma possibilidade de sentido para determinada palavra ou expressão pôde ser suscitada. Tal explica-se pela falta de sinal análogo nas outras línguas utilizadas para a comparação. Por exemplo, a palavra ◯ ▢ ◺◻ ▢, que ocupa papel de destaque na décima terceira placa, restou incompreensível, prejudicando imensamente a exegese desse texto.

Os escritos das placas tratam de decisões de vontade, questões que hodiernamente poderiam ser chamadas de legais, jurisprudência (no sentido romano do termo dado por Paulo e Ulpiano). São discussões a respeito das possibilidades de exer-

A ESCRITA DE DEUS

cer o direito no seio da comunidade, um homem sobre outros homens. As duas primeiras das treze placas são dispositivas, as outras onze trazem exemplos, exemplos da aplicação de um conceito de direito.

A primeira placa disserta sobre os poderes e atribuições do rei de uma suposta "tribo" (cujo nome e nem mesmo a exatidão do termo "tribo" puderam ser precisamente traduzidos). O rei deverá julgar os "problemas" e "disputas" entre os homens. Garantirá também que quando um homem não tiver condições de, por seus próprios recursos, "efetivar" a possibilidade de "vontade" que deseja discutir, essas condições sejam satisfeitas pelo esforço de outros "integrantes" da "tribo". O próprio Alenichev desculpa-se pela péssima disposição de palavras e termos na tradução, afirmando que esse foi o máximo de clareza que conseguiu obter da verdadeira complexidade contida na placa original.

A segunda placa determina que qualquer homem pode discutir qualquer "vontade" sua, desde que exista "possibilidade" para tanto. Toda "possibilidade" assenta-se em fatos, e todo homem deve, ao discutir sua "vontade", "fazer" o fato que possibilite a "possibilidade" de sua "vontade". Assim, os fatos dobram-se à "vontade" gerando a "possibilidade", e não o contrário. Novamente Alenichev pede desculpas, e repete várias vezes a expressão "me desculpem".

"A maior soberba do homem é supor que é capaz de filosofar. Eu não filosofo, apenas relato o que li." (p. 114)

As outras placas constituem relatos de supostos problemas resolvidos utilizando-se das regras expostas nas duas primeiras placas.

Assim, por exemplo, a quarta placa fala de um homem, "Luk", que desejava divorciar-se de uma moça, "Mar". Como os dois não eram casados, a família de Luk seqüestrou Mar e rea-

152

A ESCRITA DE DEUS

lizou o casamento, possibilitando o pleito do divórcio. Posteriormente o rei negou o pedido por completa ausência de razões para Luk querer o divórcio. Luk e Mar permaneceram casados.

A sétima placa discursa a respeito de Crok, que acusou Mok de ter-lhe furtado um par de bois durante a noite. O próprio rei obrigou Mok a subtrair dois animais do rebanho de Crok, pois, do contrário, inexistiria a possibilidade de ele exercer sua "vontade". Posteriormente os bois foram encontrados com Mok, e o rei condenou-o à morte.

A décima segunda placa trata de um caso estranho. Guk alegou que havia caçado uma rena antes de Tuk, e Tuk alegou que havia sido ele a caçar a rena primeiro. Após longa deliberação o rei baniu Tuk e Guk da "tribo", para o "norte", apoiando-se no argumento de que ambos estavam loucos. O termo "baniu para o norte" aqui empregado é uma mera conjectura, já que o termo original ⌳⬜ 🗍ᴑ🗍ᴑ 👁 🗍🗍 pode significar também "elevou para o norte" ou "jogou para cima". Alenichev acreditava que a décima segunda placa continha mais quinze "subplacas" não encontradas. O texto, obscuro e pouco compreensível, refere-se a "coisas novas" e "quinze assuntos" que foram "ditos". O professor recomenda ao Tzar reiniciar as buscas pela Bachkíria e Tartária, e talvez a leste, à procura de novas descobertas de placas.

A décima terceira placa permanece um mistério (Alenichev refere-se vagamente ao termo "regicida"). Inconclusivamente, ela seria a última.

Hoje em dia, infelizmente, não é mais possível encontrar esse último exemplar da Universidade de St. Petersburgo. Resta a esperança de uma nova tradução das placas, largadas em algum museu de Moscow.

153

Gato na Vidraça

As casas das partes mais velhas e deterioradas da cidade ficavam todas bastante próximas umas das outras, muitas vezes compartilhando paredes para economizar a construção de muros e janelas. O maior inconveniente da supracitada organização arquitetônica era a incrível dissipação dos sons produzidos em uma casa para toda a região circundante, possibilitando aos vizinhos terem notícia de toda e qualquer exaltação exsurgida em alguma residência da mesma rua. Logo após minha mudança, imaginei que esse problema poderia atrapalhar meus hábitos noturnos, o que teria sido uma enorme inconveniência desse novo lar.

Nuno tinha toda a razão em sentir-se irritado diante da possibilidade de ter a sua intimidade invadida por seus vizinhos. Em livros de arte de fotos coloridas para o consumo, gravuras japonesas medievais mostram castelos e residências nos quais os aposentos eram separados apenas por finos biombos de bambu e seda. Nesses recintos, onde conversas e sons simplesmente espalhavam-se por todo o ambiente, foi necessário

A ESCRITA DE DEUS

aos japoneses desenvolver a excelente habilidade de prestar atenção unicamente nas palavras que fossem dirigidas para si próprios (ou seja, resguardavam-se de comentar as conversas que porventura ouviam). Entretanto, falta aos ocidentais o tato e a sensibilidade para adotar uma prática semelhante – uma simples palavra é repetida, aumentada e transformada em algo muito pior em questão de minutos. Ninguém pode viver direito em uma vizinhança dessa estirpe.

Assim, já na segunda noite em minha nova casa, senti-me bastante angustiado ao conduzir aquela morena da qual não me lembro o nome para o interior de meu quarto de dormir. Os poucos vizinhos que eu havia visto olharam-me desconfiados e pouco crentes em minha boa-fé (diacho, pareciam franceses do *Polanski*); a morena tinha o aspecto de uma escandalosa magistral, e os seus gritos dispunham do potencial de destruir minha inexistente reputação pelos arredores (conversas entrecortadas nas esquinas: "Olha, lá vai aquele promíscuo, nem respeita vizinhança de gente de bem."; "Eu, hein, isso aqui caiu muito o nível social desde que eu vim para cá uns dez anos atrás.").

Eis outro grande problema dessas vizinhanças nem tão pobres nem tão ricas: o ridículo pudor relativo ao fato "foder". O sexo é uma das condutas naturais mais comuns em todas as espécies de mamíferos, e não há lógica alguma em reprimi-lo ou recriminá-lo. Obviamente, as pessoas fazem sexo, qual o problema de elas o realizarem gritando? Entrelaçando-se em silêncio, por acaso o casal não estaria transando do mesmo jeito? Possivelmente, ao escutarem os gritos de uma fêmea enlouquecida e os gemidos de um macho extasiado, as outras pessoas sintam-se incomodadas por também desejarem fazer sexo naquele instante. Ora, ao invés de difamar o casal amante, melhor seria saírem pelas ruas e procurarem um parceiro, enroscarem-se por entre becos e vielas escuras.

156

Meu diagnóstico não estava errado. Tão logo as carícias esquentaram, principiaram-se os gemidos sôfregos e espasmódicos, deu-me uma vergonha imensa. Tentei beijá-la forte e silenciá-la, mas não adiantava – haja fogo, que gritinhos e suspiros escapavam pelos cantos da boca, além do péssimo hábito de jogar-se para cima e cair sobre a cama, provocando altíssimo ranger de estrado. Eu já estava praticamente conformado com o estigma de indecente do bairro quando um miado estridente ecoou sobre o telhado. Parei por um instante, sendo instantaneamente arranhado pela impaciência de minha amante – mas o miado era um bom sinal; logo foi seguido por outro, e mais outro, e toda aquela miação de gato no cio prenunciava uma orgia no telhado de minha casa. Enquanto terminava de tirar a roupa da morena, calculei que devia haver uns dez ou quinze gatos, provavelmente fazendo exatamente o mesmo que eu. O escândalo dos felinos logo mostrou-se um orquestra bem mais sonora que a da morena. Certamente a vizinhança podia escutar apenas os gatos, que abafavam os miados de dentro da casa. Satisfeito com a feliz coincidência, não mais hesitei: foi uma noite excelente (e pensar que o barulho de gatos no telhado pudesse ser bom...).

O telhado das casas pode ser considerado uma espécie de boate de gatos, com a única diferença de que todos os gatos sempre terminarão a noite comendo alguém. As gatinhas caem por qualquer miado... e, claro, ainda há a vantagem de que os gatos não precisam escutar as músicas de boate.

Cauteloso, levei a morena de volta para a casa ainda durante a noite. Na manhã seguinte, meio receoso, caminhei pelas ruas para ver se alguém me olharia torto. Pelo contrário, tive até mesmo a oportunidade de conversar com a dona Zilá, revoltadíssima com o pandemônio felino. "Isso tudo é culpa daquela velha louca do treze! Onde já se viu, pobre, com neta

A ESCRITA DE DEUS

pra criar, e cuida de mais de vinte gatos! Se pelo menos castrasse os bichos, ou os mantivesse presos em casa. Velha louca!". Francesa! O nome da adorável dona de meus amigos felinos era Íris.

As pessoas não deviam reclamar das senhoras velhas que vivem cercadas de muitos gatos. O problema é que as pessoas não conseguem compreender o que se passa nesse tipo de relação... a culpa absolutamente não é das velhas.

* * *

A rede na varanda da pequena casa era um dos principais prazeres domésticos dominicais. Deitado, embalando-me lentamente, era possível ver diretamente o quintal-pátio da casa de dona Íris. Calculei, após várias observações, que a velha deveria criar oito ou dez gatos espalhados pelo quintal, sem contar a criatura solitária que habitava o interior da casa. Os gatos, junto de outros felinos habitantes do bairro e das ruas, juntavam-se quase que todas as noites, e promoviam as algazarras que garantiam a minha boa reputação. Apesar de provocaremme insônia na maioria das noites em que eu estava desacompanhado, não havia motivos para reclamar do favor prestado por esses animais lascivos.

Há um par de jovens gatinhos moreninhos que se olham e se enroscam por horas a fio, mas não fodem. É ridículo.

A criatura solitária é o singelo apelido pelo qual me refiro ao único gato que mora dentro da casa de dona Íris (bom, pelo menos é o único que nunca está no quintal, e o único que pode ser visto dentro da casa de fora da casa). Trata-se de um felino imenso e cinza, que revela-se diariamente às quatro da tarde colado na janela voltada para a minha varanda. Esse gato desproporcional e gordo estica-se para tomar sol, auto-refletindo-se no vidro da janela, quieto e contemplativo. Ele permanece exatos quarenta e dois minutos na janela, e quase sempre tenho a impressão de que está olhando diretamente para minha varanda (provavelmente devido às minhas falas felinas ridículas "ozhe gatinho bunitinho; cadê o chanin" que digo sempre ao vê-lo – comunicar-me com o gato dá-me a impressão de que ele presta atenção no que eu digo). Gostaria de saber como a criatura solitária desenvolveu essa surpreendente precisão temporal.

Se Nuno prestasse um pouco mais de atenção, teria percebido que é sempre ele que permanece quarenta e dois minutos observando a janela da casa de dona Íris.

Entretanto, nunca tive o prazer de encontrar-me com dona Íris. Os gatos do quintal eram sempre alimentados por uma jovem, a velha não aparecia na janela hora nenhuma e, aparentemente, nem sequer saía de casa. A princípio, imaginei que ela estivesse doente, e, por isso, tivesse que permanecer deitada em repouso. Passaram-se uns dois meses, e a velha não dava as caras em lugar nenhum hora nenhuma. Não que isso fosse da minha conta, mas eu queria conversar com ela sobre os seus gatos, colocar alguns deles no colo e acariciá-los. De fato, uma estranha preocupação foi crescendo dentro de mim, um obscuro sentimento de ausência, de ser necessário saber sobre a velha Íris e sua integridade física.

No dia em que Nuno finalmente criar muitos gatos, sendo um deles cinza e pachorrento, compreenderá o nível de dedicação necessário para satisfazer os mais íntimos desejos desses misteriosos animais.

Apesar de ser impossível saber sobre dona Íris, era muito comum ver a sua neta cuidando dos felinos, abastecendo a casa de víveres e mantendo a ordem doméstica em geral. Lucinda (dona Zilá disse-me seu nome: "Ai, essa pobre dessa moça

A ESCRITA DE DEUS

Lucinda tem que se sacrificar por causa das loucuras da avó louca! Coitada, se fosse eu ia-me embora atrás de casa própria.) parecia resignada em ter se tornado a verdadeira responsável pelo lar da avó. Ela tinha os olhos tristes e desinteressados das donas de casa de mais de quarenta anos que aprenderam a aceitar as ordens dos maridos, seus mandos e desmandos. Na verdade, a situação provavelmente era análoga: a moça não se arrumava, não ia a uma festa, apenas obedecia às ordens do ser decrépito e obscuro fechado no interior da casa. O tempo fezme sentir uma estranha pena dessa garota.

Nuno sempre imaginou que Lucinda fosse uma mulher triste. Não era esse o caso; certas satisfações noturnas não são facilmente compreendidas ou sequer imaginadas.

* * *

Durante o feriado, terminei de lavar meu carro e vi que Lucinda estava na porta de casa, dando de comer a uma gata branca e felpuda (que não habitava o quintal). Subitamente percebi que desde minha chegada não me havia apresentado a ela (porque a dona da casa era a avó, que nunca aparecia), e parecia de bom tom dizer um oi naquele instante surgido do acaso.

Acaso!? Que besteira. Nuno ardia de vontade de integrar-se àquele mundo de gatos, queria saber sobre dona Íris; lentamente ele provocou a possibilidade de dirigir-se à Lucinda.

Lucinda acariciava a gata dando-lhe leite de beber. De perto pareceu-me magra e pálida, vida difícil de arrimo. Ela não percebeu minha aproximação, e, mesmo a poucos metros de distância, dedicava-se exclusivamente à alimentação da felina. Razoavelmente constrangido, apresentei-me da forma tradicional:

A ESCRITA DE DEUS

(Nuno deveria ter filmado esse momento, e depois contemplado a expressão patética de suas expectativas inadmitidas).

– Boa tarde.

A moça ergueu-se devagar, e sua expressão por um instante reluziu algo parecido com medo (ou terror). Mas logo ela sorriu, e respondeu:

(Lucinda sempre foi uma boa garota).

– Boa tarde.

– Acho que a senhorita não me conhece, meu nome é Nuno, sou o novo vizinho da casa mais ali em cima.

– Prazer, eu sou Lucinda. Ah sim, eu me lembro de que nós vimos a sua mudança algum tempo atrás.

– É, já faz um tempinho. Eu... eu queria ter me apresentado antes, mas sabe como é, mudar de casa, uma loucura só até organizar tudo, botar as coisas no lugar, se acostumar com o novo ambiente.

– É verdade, eu mesma quando me mudei para cá demorei muito para me acostumar... ah, mas é assim mesmo, né?

– É. E essa coisinha branca fofa aí, como se chama?

(– Miau.)

– Ah, ela ainda não tem nome não, ainda temos que batizá-la.

– Ela não é de vocês?

– Ela apareceu ontem aqui em casa, acho que atraída pelos outros gatos. Vamos acabar ficando com ela.

– É, mais uma.

– É,... espera, o senhor não veio aqui reclamar do barulho de noite não, né? Porque se foi por causa disso que o senhor veio...

– Não, não, não é nada disso. A mim, nada incomodam, pelo contrário.

– Ah, ainda bem. O senhor não imagina as coisas que a gente escuta da vizinhança, dá vontade de mandar à merda.

A ESCRITA DE DEUS

– Imagino. Sua avó deve gostar muito de gatos, não?
(Cacete, que pergunta estúpida).
– Gostava.
– Gostava?
– É, sabe, depois que juntam muitos as coisas mudam de figura...
– Como o barulho?
– Como o barulho.
– Por que ela não se livra deles?
– Não pode... não dá para simplesmente jogá-los fora.
– De fato.
– E além do mais, eles acabariam voltando.
– Outra verdade.
– Bom, se o senhor quiser um dia um de presente...
– Um gato?
(Cacete, outra pergunta estúpida).
– É, um gatinho, filhotinho.
– Tá, tudo bem.
– Então o próximo gatinho que nascer é do senhor.
– Tudo bem, obrigado.
– Hum, olha, está na hora de eu entrar.
– É, também está na minha hora.
– Foi um prazer conhecê-lo.
– O prazer foi meu.
Ressalte-se, a gatinha branca terminou por chamar-se Lucinda, um estranho tipo de homenagem a ambas.

* * *

Pregado no cristal barato, sinto sua observação, procuro ruminar seus pensamentos. Os olhos azulados do gato revelam-me preocupações quase humanas. Imagino que ele pres-

A ESCRITA DE DEUS

sente-me em volta de sua casa, sabe que a cada dia eu estou mais próximo de Lucinda, passo mais tempo com ela, conversamos assuntos que amigos não conversam. Sabe que logo a levarei ao cinema, a um bar, trocaremos olhares e nos beijaremos. Lucinda é de fato sua dona; a velha no máximo obriga-o a permanecer em seu colo, alisa-o tremida e vagarosamente. Seu pêlo cinza eriça-se em um ciúme terrível, um ódio profundo de mim. Domingo, o gato me olha, e arranha o vidro com suas garras, estica empinado seu corpo gordo pelo vidro, tenta espalhar sua cor cinza em mim. Irrequieto, passeia pela janela de um lado para o outro, e quando nossos olhos cruzam, deita-se, e, imóvel, me encara, sonha em arranhar-me e expulsar-me dos arredores de sua casa, sua única dona é unicamente sua. Como são ridículos os momentos em que deixamos a mente vaguear sem fronteiras. Pobre do gato, como se fosse o demônio em pessoa.

Aos domingos, Lucinda sai de casa para fazer a feira por volta das três da tarde, e retorna apenas à noitinha. A velha, acabada, não alimenta mais ninguém. Nesse caso, os gatos têm fome.

* * *

— A gatinha branca já tem nome?
— Não, ainda não.
— Estranho, eu nunca a vi no quintal junto dos outros.
— É, ela mora dentro da casa.
— Como assim?
— Os outros gatos vivem no quintal. Ela, nós criamos dentro de casa apenas.
— Vocês criam mais gatos ainda dentro de casa?
— Não, só ela e um gato cinza.

— E qual o nome do gato cinza?

— Não sei, ele nunca me disse.

— ?

— Brincadeira. Minha avó nunca deu nome para ele, ficou assim.

— E sua avó, como está?

— Mal.

— Você precisa de ajuda?, se quiser, eu posso...

— Não. Olha, eu não gosto muito de falar disso...

— Tudo bem, desculpa.

— Nada não.

— Mudando de assunto, você vai fazer alguma coisa hoje à noite?

— Não,... por quê?

— Bom, a gente podia ir ao cinema, claro, se a sua avó estiver bem.

— Cinema? Nossa, faz tanto tempo que eu não vou ao cinema...

— Olha, a gente podia assistir ao *America's Sweethearts*, ou ao "Pecado Original".

— Ai, eu estava querendo ver o "Hannibal"...

— Tá, pode ser.

— Tá bom então.

— Certo, eu te pego às sete, pode ser?

— Tudo bem.

(Estranho esse troço grosseiramente chamado amor).

* * *

— Ai, obrigada por você vir ao supermercado comigo.

— Não há de quê.

...

A ESCRITA DE DEUS

– Qual ração você leva para os gatos?

– Ai, não sei. É tão difícil arrumar as comidas que eles gostam. A gente leva ração mas os danados recusam-se a comê-la. Eles só gostam de comida natural: carne, leite, frios...

– É, os gatos são muito exigentes.

– E o pior é que cada vez que eles provam uma comida nova, cadê que eles aceitam comer o que eles comiam antes. É um inferno...

– É, fazer o quê, não?

– É. Diabo, como eu me sacrifico por esses bichos...

(Lucinda reclama das coisas que mais lhe agradam; na verdade, os gatos são o único elemento de sua vidinha patética que ainda lhe traz alguma identidade).

– Bom, que tal essa aqui?

– Tá, pode ser.

(É engraçado, por acaso vaca é uma borracha mole e fedorenta?)

* * *

De fato, eu amava Lucinda. Percebi isso com o tempo, quando nós saíamos juntos mas ela recusava-se a me beijar no fim da noite. Os miados noturnos orgiásticos tornaram-se insuportáveis, lembravam-me da ausência de Lucinda em meus braços e da vontade de tê-la (estava linda, ganhara vida, cor e carne desde que nos conhecêramos).

Mulheres são gatas que não são felinas, ou vice-versa.

Domingo, da varanda, eu e a criatura solitária nos encaramos por um longo tempo. Deitei-me na rede às três e cinqüenta e nove, mas o felino já estava na janela. Imagino há quanto tempo ele colara-se à vidraça. O gato permaneceu bem mais que quarenta e dois minutos no parapeito, lembrava-me de um diplomata prussiano prestes a encontrar seu igual francês.

Nuno fica olhando como um idiota por mais de uma hora para o gato e é o gato que tem relógio e controla essa besteira de quarenta e dois minutos! Bah...

Dessa vez, o bicho cinza miou para mim. Nunca tinha miado antes. Mas miou tão alto que eu podia escutá-lo, e miou durante todo o nosso encontro. Ele roçava na vidraça da direita para a esquerda e miava. Roçava na vidraça da esquerda para a direita e miava. Estranhamente, parecia contente, feliz, satisfeito. Lucinda deve ter-lhe dado de comer e acariciado por alguns minutos. Eu também queria ser acariciado por alguns minutos. Eu mergulhava em seus olhos e perguntava-me se ele sequer tinha a noção de que havia sido eu a escolher a ração seu alimento. Obviamente, tudo isso era besteira, decorrência de minha frustração amorosa com Lucinda. Ridículo, ter ciúmes do gato. Mas como o bicho era gordo!

A distância da varanda até a janela distorcia a percepção de Nuno. O gato cinza não era gordo, era apenas peludo e muito fofo.

* * *

Abraçava Lucinda na porta de sua casa, prensada na parede esbranquiçada. Beijávamo-nos, nossos corpos esquentavam após aquele excelente jantar, um frêmito calafrioso subia pela minha espinha, um eriçar do pêlo nas costas, uma vontade terrível de jogá-la na grama e morder suas costas, pescoço.

Ah-há, será que os vizinhos vão reclamar disso?

– Ai, Nuno, vem cá, vamos para dentro da casa...

Beijos, batom espalhado por toda a carne, as mordidas.

– Lucinda,... mas, e sua avó?

A ESCRITA DE DEUS

Roupas parcialmente retiradas, como o casaco preso por uma só manga.

– Não tem problema... ela está dormindo agora.

– Mas,... mas e se ela acordar? Eu não quero...

Beijo interruptor do fluxo sangüíneo cerebral.

– Ela toma remédios controlados, não tem como acordar, não... Vem, vamos para dentro.

Adentramos o interior da casa, Lucinda me queima com seus olhos e unhas. Minha amada deita-me no sofá, fazemos amor deliciosamente, nossas carícias espalham-se e dissolvem-se por todo o espaço sonoro local, sentimo-nos loucamente um ao outro, e, descrever mais seria desrespeitar minhas lembranças de Lucinda.

Entre todos os mamíferos, provavelmente os homens são os únicos que fazem sexo de frente, e não de costas como quase todos os outros bichos. Felizmente, em determinado momento, Nuno optou por retornar às origens mais instintivas da arte amorosa.

Sôfregos, entrelaçados, ergo a face por um instante. No parapeito, um gato cinza e um gato branco nos observam, seus olhos brilham na sala escura.

Ora, e por que os gatos não estariam olhando?

(Miau; meown; miaarrun; miau)

* * *

No domingo seguinte, deitado satisfeito na rede da varanda, lá estava o gato na vidraça mais uma vez. Satisfeito, contemplava-o com bastante gosto, que belo animal (apesar de bisbilhoteiro). Ao seu lado havia uma tigela cheia da ração que eu escolhera para ele. Lentamente o felino mergulhava a cabeça na tigela e comia uma boa porção de rodelinhas supernutritivas.

A ESCRITA DE DEUS

Em seguida erguia a cabeça, e, como sempre, olhava para mim, e miava. Aquela pareceu-me uma idéia razoável, e, após uma breve ausência (que deve ter angustiado o gato), retornei para a rede com um sanduíche de vitela delicioso (fórmula familiar tradicional). Mordiscava-o brincando de provocar o gato, que, após abocanhar sua ração mais umas duas vezes (imediatamente respondidas por uma mordida no sanduíche), desceu do parapeito e foi-se embora, muito antes do que normalmente costuma fazer.

Certo...

* * *

Lucinda, para meu desespero, foi gradativamente se afastando de mim. Passamos a nos ver menos, ela recusava meus convites para sair e nunca mais entrei em sua casa. Eu não fazia a menor idéia sobre o que poderia estar acontecendo.

Como são volúveis as fêmeas!

Não sei quanto tempo se passou, Lucinda tornou-se praticamente uma desconhecida. Uma terça-feira encontrei-a de manhã cedo, ela estava mais gorda e corada, mas recusou-se a conversar comigo. Perguntei-lhe se tudo estava bem, se algo estava errado, mas ela simplesmente nada respondia. Pedi um momento para conversar, "eu tinha feito algo errado?", "por que, por que fazer isso comigo?". Ela seguia seu caminho, acho que seus olhos lacrimejavam, mas não abria a boca para falar nada, continuava andando. "Eu te amo, espera, eu te amo!". Lucinda correu para longe, abandonou-me choroso e desesperado no meio da rua.

Homens como Nuno são engraçados, não medem as conseqüências de seus atos e fingem desconhecer o que de fato acontece.

A verdade é que perdi a vontade de viver (que sentimentalismo fuleiro, mas essa era a verdade). Perdi meu emprego, sobrevivia à base de empréstimos paternos. Passava os dias deitado na rede, inerte e inútil. Aguardava o surgir agora incerto do gato na janela, ansioso, traga-me o que preciso, traga-me o que preciso.

Paciência, Nuno, paciência.

* * *

Domingo, como sempre, aconchega-se o gato no parapeito, dessa vez acompanha-o a gata branca. Os dois entrelaçam-se bem na minha frente, amam-se para mim, miam escandalosamente para que eu escute o vazar libidinoso de seu sexo felino. Como eu desejava fazer o mesmo com a sua dona! Nuno, conforme o esperado.

* * *

Os dias seguem vazios, nada mais faço além de vigiar a casa de Lucinda. Nunca mais a vi sair de casa, não consigo imaginar como ela faz para sobreviver, adquirir alimento, produtos necessários para o dia-a-dia. Por que ela teria me recusado? Horas de choro trouxeram-me apenas mais angústia e dúvida. Eu tinha vontade de ir até lá, olhá-la nos olhos e ajudá-la, mas faltava-me a coragem, eu observava as nuvens escuras no céu e tinha medo de penetrar novamente naquela casa. Assim, pelas nesgas da minha janela, tentava ver de relance Lucinda, mas havia apenas o gato cinza, altivo e majestoso.

As dúvidas de Nuno decorrem unicamente de sua incrível preguiça mental.

Certo dia, meses depois, uma senhora entra na casa de Lucinda. Nunca a vi antes, era uma senhora de meia-idade desco-

A ESCRITA DE DEUS

nhecida de toda a vizinhança. Tive a esperança de interceptá-la na saída, questioná-la sobre Lucinda e saber o que estava acontecendo na residência de minha amada. Explicaria a minha situação, talvez fosse parente, pediria sua ajuda, sua intercessão. Planejava o que diria, explanações e juras de amor, faria com que a senhora se apiedasse de minha situação e trouxesse Lucinda de volta para mim. Subitamente, um *rock* pesado ecoou por todo o bairro. Era dia, ninguém pôde chamar a polícia. Som infernal. Angustiava-me a demora da senhora. Meia-noite, convenci-me de que não a veria sair da casa de Lucinda.

Durante o episódio com essa senhora, Nuno esteve muito esperançoso e irrequieto. Talvez ele efetivamente não soubesse de nada, mas então já era tarde, sua estupidez imensa demais para ser crível (mas toda grande estupidez beira sempre o inacreditável).

* * *

Tempos depois, acordei com os gritos do carteiro avisando-me da presença de um pacote na porta de minha casa. Sonolento, encontrei um pequeno cesto contendo um gatinho malhado de miado estridente e pêlo felpudo. Passo meus dias deitado alisando-o, acariciando-o, meu último e único ponto de terrível recordação e compreensão sobre a casa número treze. Seu miado lembra-me de Lucinda, meu choro é amargo, horrendo e distante, falta-me coragem para olhar novamente a vidraça. O nome do gatinho é Nuno.

Colado à vidraça, contemplo Nuno brincando melancólico com meu filho. Vejo-o pressionado por entre os seus dedos, e não compreendo porque Nuno não o devora logo de uma vez.

170

Vestidinho Negro

Lílian pensava ter dois grandes problemas em sua vida.

O primeiro é que ela era bonita. Muito bonita. E gostosa. Muito gostosa. Daquele tipo de mulher que faz os homens baterem suas caras embasbacadas em postes, e que leva as outras mulheres ao desespero. No auge de seus dezenove anos, era verdadeiramente maravilhosa. E sabia disso.

O segundo problema era de natureza mais grave. Ela era inteligente. Muito inteligente. Lílian raciocinava rápido, aprendia facilmente o que lhe era ensinado, conversava com fluência e correção. Entretanto, ela pensava que estas duas características, beleza e inteligência, raramente reuniam-se em uma única pessoa. Assim, pessoas belas, mas não tão inteligentes, convivem com outras pessoas belas, mas não tão inteligentes. E pessoas inteligentes, mas não tão belas, convivem com outras pessoas inteligentes, mas não tão belas. Os dois grupos desprezam-se, apesar de que a maioria das pessoas inteligentes, mas não tão belas, acha que sua inteligência pode compensar a falta de beleza; obviamente as pessoas belas, mas não tão inteligentes, carecem desse tipo de preocupação.

Inconscientemente, Lílian odiava essa dicotomia que julgava ter descoberto. Afinal de contas, não pertencia inteiramente a nenhum dos dois grupos. Não suportava a frivolidade e a superficialidade de seus amigos belos, lindos e maravilhosos. Por outro lado, Lílian tampouco conseguia fazer bons amigos entre a casta das pessoas inteligentes, mas não tão belas. Sempre que conversavam, sentia uma certa reserva, uma desconfiança, como se sua beleza desacreditasse a sua inteligência.

Todavia, Lílian não estava pensando em nenhum desses problemas sexta-feira às onze e quarenta e cinco da noite, quando um súbito solavanco no pneu traseiro esquerdo de seu carro forçou-a a parar no meio da longa, escura e isolada pista que conduzia à boate na qual ela pretendia passar a madrugada inteira de sábado. "Droga! Que merda aconteceu agora?!".

Nessa noite em particular, Mário havia convencido Lílian a ir à tal boate. Ela conhecera Mário em uma festa aproximadamente três semanas atrás. Após passar duas horas inteiras ouvindo o rapaz descrever os exercícios que executava diariamente na academia, Lílian sentiu a drástica necessidade de embebedar-se; uma vez de porre, a moça tornou-se presa fácil, e Mário foi bem sucedido em seu intento original de ficar com ela. Lílian não o suportava: fortão, cabelo raspado curto, sotaque de mala e cuecas aparecendo na borda da bermuda baixa. Apesar disso, todas as suas amigas a invejavam, e perguntavam como era aquele tesão de homem. Por pura inércia, volta e meia Lílian concedia encontrar-se com Mário. Ele tanto a importunou para ir a essa boate, que a jovem acabou cedendo e concordando. Combinaram encontrar-se no local à meia-noite, quando Mário já teria terminado suas aulas noturnas do curso de Hotelaria de alguma dessas faculdades cujo nome é uma sigla.

Irritadíssima, Lílian desceu batendo a porta do carro, que estava incapacitado de seguir em frente. Uma lua distante e brilhante resplandecia no céu; era uma noite particularmente fria – seu curto colado vestidinho preto mal a protegia. Lílian, tremendo e xingando, foi checar o que ocorrera ao carro. A conclusão era simples, dado o imenso rombo no pneu traseiro esquerdo, pelo qual escapavam grandes quantidades de ar. Uma pedra pontiaguda e maldita arruinara seu pneu e sua noite.

Lílian amedrontou-se. Obviamente, como moça prendada e delicada, não recebera treinamento na arte de trocar pneu de carro. Abraçando-se toda para ver se o frio passava, contemplava o estrago. Nada havia a fazer. Ela nem mesmo desconfiava onde estaria o macaco. Será que pelo menos havia um estepe no carro? Não fazia a menor idéia.

Enquanto continuava tentando esquentar-se, teve muito medo. Ela, ali, sozinha e indefesa naquela pista erma e isolada, justo em uma noite fria e escura como essa. Sabe Deus o que poderia acontecer. Tem tanta gente malvada no mundo. E se tentassem matá-la? Meu Deus, ela era tão linda – e se tentassem estuprá-la? Ou pior, e se a currassem... e a matassem posteriormente, abandonando seu corpo frio e inerte em algum mato escondido? Angustiada, Lílian caminhava de um lado para o outro da pista, atenta a qualquer movimento nas árvores próximas que beiravam o acostamento. Essa porra dessa pista de merda parecia que só tinha um poste a cada três quilômetros!

Decididamente aquela era a vez que mais sentira medo em sua vida inteira. Sempre estivera protegida, cercada de pessoas confiáveis em lugares seguros. Nunca antes ficara sozinha em um local estranho, desconfiada de tudo. Beirava a paralisia, de tão assustada. Deixe de besteira Lílian, não tem motivo para estar tão apavorada assim. Logo chegará alguém para ajudá-la. Pensou que, se fizesse alguma coisa enquanto esperava, ao invés de ficar simplesmente parada, seu medo diminuiria. Olhou para o carro: ele estava largado, meio torto, quase no meio da

A ESCRITA DE DEUS

pista. É claro que ela devia empurrá-lo até o acostamento, para evitar acidentes.

Soltou o freio de mão, e, encostada à porta do motorista, utilizando-se do vão da janela como apoio, Lílian começou a empurrar. Empurrou com força. Nada. Empurrou novamente. Nada. Tomando novo fôlego, redobrou o esforço. O carro empurrou-a em sentido contrário, recuando-a na pista. "Bosta de carro, merda!... Ahhh, carrinho, colabora, vai?". Esforçou-se novamente, e empurrou com vontade. O carro lentamente começou a deslocar-se. Lílian exultou. Entretanto, pendia para a direita, caindo mais ainda para o meio da pista. Ela tentou alinhar o volante com o braço direito. Conseqüentemente, passou a exercer menor pressão para a frente. O carro a jogou para trás, bem mais do que da primeira vez. Derrotada e exausta, Lílian puxou o freio de mão, largando o carro praticamente no mesmo lugar onde havia parado.

Lílian não estava mais com medo, mas com raiva. A bosta desse carro devia pelo menos ter um pneu reserva (ela recordava-se que seu pai o mostrara logo após comprar-lhe o carro – devia estar no porta-malas). Decidiu que o retiraria logo do porta-malas, para facilitar o trabalho de quem a ajudasse a trocar o pneu. Particularmente, irritava-se com esse detalhe. Ela, tão inteligente, tão esforçada, tão independente, era incapaz de resolver sozinha um pequeno problema em seu carro. Jurou que após esse incidente iria fazer um curso de mecânica. Não suportava a idéia de que um estranho qualquer, provavelmente um homem (não se lembrava de alguma amiga que trocasse pneus), iria trocar o pneu para ela, como um favor.

Atinou então para o celular. É claro, o celular! Não precisaria do auxílio de um desconhecido, bastava que ligasse para sua casa, pedindo a seu pai que viesse socorrê-la. Alegre, correu até o porta-luvas, retirando de lá o aparelho cromado. Esperançosa, ligou-o: "Sem serviço" – "Hnnnnn! Que inferno! Merda de companhia idiota!". Suspirando de irritação, Lílian jogou o celular no banco de passageiros e resolveu voltar a seu intento original.

Pegou as chaves da ignição, e abriu o porta-malas. Lá estava o estepe. Nunca antes notara como era grande um pneu de carro. Segurou-o com as duas mãos e puxou-o. Não se mexeu. Puxou novamente. Nada. Lembrou-se de quando tentou empurrar o carro. Suspirou frustrada, e puxou mais uma vez, gemendo pelo esforço. Nada. Notou então duas presilhas que fixavam o estepe ao canto do porta-malas. Considerando-se uma idiota, Lílian soltou as presilhas e segurou o pneu com as duas mãos, erguendo-o lentamente. Como era pesada aquela porcaria! Cambaleando desequilibrada com o pneu em suas mãos, Lílian por fim teve êxito em colocá-lo no chão, em pé, à sua frente. Soltou-o por um instante para enxugar o suor da testa. Lá se foi o pneu rolando pista abaixo. Perseguiu-o desenfreadamente, correndo no auge de suas energias. Ô filho da puta, volta aqui! Acabou desviando-se para fora da pista, por onde, após driblar diversas árvores, rolou velozmente barranco abaixo. Durante a atlética corrida de Lílian, o salto de seu sapato direito despedaçou-se, derrubando a jovem violentamente no chão. O asfalto ralou seu joelho, arrancando-lhe um leve grito de dor. Lílian estava quase chorando.

Desalentada, frustrada e ferida, Lílian retornou para perto do carro, sentando em seguida à beira da pista. Pelo menos toda aquela atividade física fez o frio passar. Muito irritada e desapontada, Lílian aguardava que alguém aparecesse para ajudá-la. Olhou no relógio, já era meia-noite e dez. Rezava para que fosse uma mulher, que, mesmo não trocando o pneu, a levaria de carona até algum lugar de onde pudesse telefonar para seu pai. Depois dos últimos fracassos, enchia-a de ódio a idéia de

A ESCRITA DE DEUS

que um homem viesse e tranqüilamente ajeitasse o pneu, olhando-a em seguida com aquela expressão: "Não se preocupe não, toda mulher é burrinha assim mesmo, nenhuma consegue trocar um pneu. Olhe o lado bom, pelo menos você é TÃO gostosa!".

Passaram-se mais alguns minutos, até que, ao longe, acenderam-se as luzes de faróis, vindo em direção à Lílian. É uma mulher. É uma mulher. Tem que ser uma mulher. Entretanto, quando o carro aproximou-se, soube que não se tratava de uma mulher. Era um carrão, uma dessas máquinas que qualquer uma de suas amigas saberia o nome, o ano e o modelo. Ela mesma não entendia de carros, não gostava muito, nem nunca prestara atenção. Mas sabia que era um desses carros que os garotos compram para atrair meninas como suas amigas. E pior, os vidros estavam todos cobertos com película.

A presença do vidro fumê praticamente eliminava a possibilidade da aparição de um desses senhores velhos e cheios da grana, que adoram exibir-se em grandes carrões. Lílian tinha quase certeza de qual tipo de homem desceria daquele carro. E ela conhecia bem esse tipo de homem. Apenas homens iguais ao Mário dirigem carrões com película. Ela odiava homens iguais ao Mário.

O carrão estacionou próximo ao carro de Lílian, mantendo os faróis acesos. Ouviu o barulho da porta abrindo. Com certeza, de lá sairia um idiota completo. Esse Mário provavelmente perscrutaria seu corpo inteiro antes sequer de cumprimentá-la, desejando-a com um olhar ao mesmo tempo embasbacado e malicioso. Ela odiava essa sensação, odiava quando os homens a despiam e devoravam com os olhos, imaginando-a na cama. Em seguida ele a saudaria, sorrindo de forma nojenta: "E aí, gata..."; seus olhos deslizariam para o decote – como ela odiava a palavra peito!

A ESCRITA DE DEUS

Droga! Justo nessa noite em que ela estava maravilhosa. Ela sabia que encontrava-se especialmente bela. A maquilagem ampliava sua beleza natural, permitindo que seus olhos brilhassem vivamente – o suor do esforço não havia sido capaz de desmanchá-la nem borrá-la. Os cabelos, combinando com a fina camada de batom, brilhavam tão intensamente quanto os olhos, e pareciam ondular e brincar ao menor movimento de Lílian. Tornava-a lindíssima o vestidinho preto – encaixava perfeitamente em seu corpo, dava-lhe porte e realeza; torneava cada parte de Lílian, expondo e escondendo, convidando e negando. Tudo era realçado, seus seios, suas nádegas, sua cintura e sua pele; o vestidinho tanto colocava à vista, desenhando perfeição, como guardava e proibia, fazendo-a inacessível e desejável. Lílian amava esse vestido, adorava usá-lo. E agora um imbecil qualquer teria o tempo todo do mundo para contemplá-la, magnífica.

Ele, pelo contrário, vestiria bermudões, camiseta *baby look*, óculos escuros. Teria o cabelo raspado baixinho, correntinha de ouro no pescoço, entre os dois ombros musculosos, bombados, morenos de andar sem camisa o dia inteiro. Aproximar-se-ia andando curvado, e iria logo querer dar três beijinhos. Que raiva!

O rapaz saiu do carro, e Lílian teve de admitir, a contragosto, que enganara-se pelo menos um pouco. O homem, em torno da sua idade, como ela esperava, vestia calça jeans comum, uma camisa simples, verde clara e com bolso, e um casaco branco. Usava óculos de grau e sua postura era ereta. Lílian, desconfiada, olhou-o com agressividade e desprezo, tentando desde já mantê-lo o mais distante possível. Ele fechou a porta do carro e guardou as chaves. Caminhou em direção a Lílian, perguntou:

– Algum problema, minha amiga?

Neste instante, Lílian apercebeu-se do desastre. O suor decorrente do esforço anterior havia colado mais ainda o vestidinho preto a seu corpo, tornando-o levemente transparente em algumas áreas. A principal região afetada era seu busto. Logo, mostravam-se inteiramente as aréolas de seus seios; os bicos estavam eriçados e pontiagudos, devido ao suor e ao frio – apontavam diretamente para o rapaz; parecia que eles tinham tomado uma ducha de mangueira. Sentia-se nua e oferecida. Ai que vergonha! Embaraçada, hesitou em responder. Sem graça, terminou por abraçar-se, cobrindo os seios com os antebraços. Ele a olhou, em dúvida, querendo saber o que ocorria. Ora, é claro que ele olhava para os seus seios. Tinha certeza disso. Ele só dissimulava bem. Mas ela não era tão burra assim, de não notar. Aliviada por não estar mais com os seios expostos, Lílian rispidamente respondeu:

– Eh, hum, eu vinha dirigindo e sem querer passei por cima de uma pedra, e um dos pneus do carro furou.

– Você precisa de ajuda para trocá-lo?

Idiota, idiota, idiota! É óbvio que ela precisava de ajuda para trocá-lo! Não, o pneu de seu carro ia furar, mas ela ficaria no meio da pista sem fazer nada, esperando que o primeiro imbecil viesse cortejá-la. Ah, mas é lógico! Ele é o macho forte e audaz, capaz de fazer qualquer coisa. Ela, a pobre e indefesa fêmea, necessitada de sua ajuda para tudo; em troca, favores sexuais. Que babaca! Fechou mais a cara, e, irritada, teve que admitir:

– Bem, é que eu não tenho força o suficiente para trocar o pneu sozinha. Mas eu sei trocar sim! Meu pai me ensinou... mas também, está escuro, e eu não consegui achar todas as ferramentas necessárias.

– Não, tudo bem. Olha só, eu tenho uma lanterna no porta-luvas, deixa eu ir lá pegar.

O rapaz entrou novamente no carro, em busca da lanterna. Lílian batia o pé no chão, impaciente. É, lá vai o grande e poderoso indivíduo do sexo masculino, o salvador das mulheres! Deve estar se sentindo o máximo, o senhor de tudo. Droga, e no fim, ela ainda iria ter que agradecer a um energúmeno como esse.

Ele retornou com a lanterna na mão, acesa. Disse-lhe:

— Bom, vamos pegar o seu estepe, então.

Inferno! Ele ia saber. Achá-la-ia uma burra, uma incompetente, uma submissa! Desejá-la-ia mais ainda; seu desprezo por vê-la como uma estúpida acenderia com maior força a vontade de possuí-la. Não, isso não podia acontecer. Teria que mentir:

— Eh... eu estou sem estepe. Meu irmão precisou dele outro dia e eu lhe dei o meu. Eu até comprei outro junto com ele depois, mas não tivemos tempo de colocá-lo no meu carro.

Ele demorou-se a falar, coçou levemente o queixo. Claro, ele percebeu que ela mentira. Burra, para que contar uma mentira tão estúpida? Porra! Agora ele deve achá-la ridícula... ridícula e fácil, porque é burra. Certamente convidá-la-ia para ir a um barzinho. Cacete! Ele perguntou:

— Ué... você não disse que não havia trocado o pneu porque você não tinha força o suficiente?

— Sim... mas é que, bem... ahhhh... esquece! Eu não tenho nenhum estepe aqui.

A expressão facial dele alterou-se. Ele estava rindo! Ria porque ela era burra, ridícula, frívola e mentirosa. Porque ela não contou, orgulhosa, a verdade? Pelo menos ele não iria cantá-la depois.

— Tudo bem. Eu tenho um estepe no porta-malas; a gente pode colocá-lo no seu carro.

Ahh, mas é lógico! Ele cede o estepe, e o quê que ela vai ter que ceder em troca!? Nunca! Que absurdo! E que estória é essa de a gente?

— Não, de jeito nenhum, não.

— Por que não?

— Eu não posso aceitar o seu pneu.

— Não?

— Lógico que não. Ele é seu, não é meu. Não posso aceitá-lo.

— Mas não tem problema algum...

— Não.

Os dois ficaram calados por alguns instantes. É, seu egocêntrico, dessa vez não vai ser tão fácil, não. Ela nunca aceitaria isso, não adiantava. Lílian irritava-se com o impasse. Ele perguntou:

— Ora, mas então como nós vamos fazer?

Nós o caralho!

— Não sei.

Mais alguns momentos de silêncio.

— Você quer carona?

É, para você tentar me convencer a sairmos junto, tomarmos umas bebidas, irmos para um motel e você me executar? Nunca!

— Não.

— Por quê?

— Eu nem te conheço,... sei lá, né?

— Tudo bem.

Novo silêncio. O breu da noite e o leve brilho da lua sufocavam. Ele propôs:

— Olha só, vamos fazer o seguinte: eu coloco o meu estepe no seu carro, e você me paga o preço dele. Você tem dinheiro aqui?

Se ele fosse um assaltante já a teria assaltado.

— Tenho.

— Que tal? Concorda?

Parecia razoável. Ela não aceitaria nunca ir de carona com

ele, e pagar pelo estepe não seria humilhante como simplesmente aceitá-lo de graça. Bom.

– Concordo.

Ambos ficaram, de novo, em silêncio. Ele a olhava, questionador. Ora, é claro! Estava olhando para seu corpo. Devia estar achando-a uma delícia, uma maravilha, uma presa digna de ser caçada. Indignada, não agüentou:

– Que foi?!

– Ué, você não vai pegar o dinheiro?... Ah sim, você vai me pagar depois?

Lógico, o dinheiro.

– Não, não, eu vou pagar agora.

Sacou o talão de cheques da carteira e uma caneta.

– Quanto custa o pneu?

– Não sei.

– E eu que vou saber??

Seu rosto ficou curioso.

– Claro. Você não comprou um com o seu irmão?

Burra! Que estúpida! É, é isso que dá mentir! Agora ele sabia com certeza que ela era mentirosa... e burra, e besta, e fácil, e puta... Merda! Lílian corou, embaraçou-se e mentiu de novo:

– Ah é! É... é que eu tinha me esquecido. Espere só um pouco.

Começou a preencher o cheque. Não fazia a menor idéia de quanto valia um estepe. Os pneus eram tão grandes, tão pesados, tão vistosos quando novos. Chutou, colocou duzentos reais no cheque e o entregou, quase sorrindo amarelo. O rapaz olhou rapidamente o cheque e o guardou. Sem dizer nada, então, dirigiu-se até o porta-malas do carrão. Lílian observava de longe, sem ajudar. Prestava atenção nos seus movimentos, para não permitir que ele a secasse em um momento de desatenção. Que estranho, ela não esperava nunca que um homem fosse aceitar um pagamento por esse tipo de coisa. Ele devia estar se fazendo de diferente, tentando ganhá-la. Afinal de contas, ele já pensava que ela era boba e galinha; devia estar achando tudo muito fácil e divertido. Canalha!

Ele retirou o pneu com facilidade do porta-malas, deitando-o no chão para que não rolasse. Perguntou:

— Você tem todas as ferramentas necessárias? Sabe, o macaco, e a chave de roda?

Até que sabia mais ou menos o que era o macaco, mas não fazia a menor idéia do que era uma chave de roda. Novamente mentiu:

— Ai, eu acho que o meu irmão também as pegou, para trocar o pneu do carro dele.

— Sem problemas, eu também as tenho no porta-malas.

Óbvio que ele tinha tudo no porta-malas. Ele era o bom, o fodão, o que resolvia qualquer problema. Já ela era a inútil, a dependente. Que sujeito pretensioso!

— Ah, tá.

Calado, ele buscou as ferramentas em seu carro. Retirou também de lá um triângulo, que armou atrás do carro de Lílian para sinalizar. Burra! Como era burra! Esquecera-se do mais simples, a sinalização de que o carro estava parado. Por agora ele já devia estar achando-a a mulher mais estúpida do mundo. A qualquer momento perguntaria se ela também não precisava de ajuda para dirigir. Que ódio!

Em seguida o rapaz entrou no carro de Lílian, acendeu as luzes e ligou o pisca-alerta. Mais burra ainda!

Começou então a trocar o pneu. Posicionou o macaco e ergueu o carro; trouxe o estepe para perto e desatarraxou os parafusos do pneu furado. Faltavam dois deles. Guardou-o no porta-malas de Lílian.

— Depois você leva o pneu furado numa borracharia, que eles consertam.

– Ã-hã.

Trabalhava desajeitadamente e sem muita prática, mas com eficiência. No começo, por simples curiosidade, Lílian acompanhava as ações do rapaz. Entretanto, mal suportava a situação. Era-lhe horrível ser incapaz de exercer aquele trabalho aparentemente simples, que até um imbecil como aquele podia fazer. Nesse momento, ela dependia dele, precisava da ajuda dele. Isso quase a magoava. Só estava acostumada a necessitar verdadeiramente de seu pai. Nunca precisou de seus amigos, sempre destacou-se por realizações decorrentes de seus próprios méritos. Era como se ela, durante a troca do pneu, pertencesse a ele, pois nada podia fazer sem a ajuda dele. Não se entendia bem, porque algumas vezes ajudara a amigos e não se sentira dona deles. Mas ele não era ela. Como queria poder trocar o pneu ela mesma, e tirá-lo dali, dispensá-lo, nunca nem sequer tê-lo visto. Incomodada, virou-se de costas, para não mais ser torturada pelo lento trabalho do rapaz.

Virada de costas para a troca, constantemente Lílian olhava de soslaio para trás, checando se ele não estaria com os olhos fixados em suas curvas, suas nádegas. Não o flagrou hora nenhuma. Mas sentia-se observada. Ele a contemplava e, em seus olhos, estava nua. Entre sua nudez nos olhos do rapaz e sua nudez real, inexistente, interpunha-se a tênue linha traçada por seu vestido. Ele, que a tornava incrivelmente atraente, também a protegia, a defendia, como um visível guardião invisível, como uma barreira transparente, mas intransponível. O vestidinho impedia que ela pertencesse inteiramente a ele; o vestidinho garantia sua liberdade, sua posse sobre si mesma. A segurança de que aquele momento passaria, que ela não mais correria o risco de não ser dela, impregnava todo o vestido, penetrando em sua pele; o medo de que o vestido desfiasse, desmanchasse, também. Ele a olhava, ela tinha certeza, mas era incapaz de ver quando.

A ESCRITA DE DEUS

O trabalho continuou por mais algum tempo. Finalmente o calor gerado pelo esforço anterior de Lílian terminou, e o suor acumulado na pele tornou-se gélido. Sentiu um frio terrível, muito pior que o frio do começo da noite, ao descer do carro. Tentou esfregar as mãos nos braços para esquentar, mas as mãos estavam tão frias quanto todo o resto. Seu corpo tremia; os dentes batiam e o ar ardia-lhe descer pelos pulmões. Quieta, inerte pelo frio, não notava bem o que acontecia à sua volta. O rapaz a acordou:

— Você está com frio?... Eh, você não quer o meu casaco?

Quase gemeu uma resposta, mas manteve-se em silêncio, acenando que não com a cabeça.

— Você tem certeza? Parecia que você estava tremendo.

Ah, até parece que agora ela aceitaria o casaco dele, o macho galanteador e dominador. Ela recusava-se a agrilhoar a si própria. O casaco seria a consolidação final da dependência dela; mero bichinho que, uma vez com frio, precisava ser cuidado. Além do mais, ele, quando chegasse em casa, provavelmente recostaria o casaco à face, para sentir o perfume dela. Não! Nunca se submeteria a esse tipo de coisa, ficar aceitando roupa dos outros. Seu vestidinho bastava.

— Tenho.

— Bom, de qualquer forma eu estou com muito calor pelo trabalho, vou tirá-lo assim mesmo. Se você mudar de idéia, é só pedir, ok?

Falhando em seu intento de aprisioná-la no casaco, ele agora iria exibir-se para ela. Exporia seus braços nus e musculosos, suados da troca do pneu, objetivando provocá-la. Que modo baixo de tentar conquistar os outros! Agoniada com tudo aquilo, Lílian sentia desprezo, e queria que tudo acabasse logo.

— Tá.

O rapaz retirou o casaco, depositando-o no chão, ao lado.

184

A blusa por debaixo era longa, cobrindo até os pulsos. Os óculos escorregavam pela sua face, devido ao suor.

Lílian estava cansada. O frio retornou, mais forte e severo ainda. Ela sentou-se no chão para descansar, abraçando as pernas, protegendo-as do vento cortante. Tinha muito frio, congelava toda, sentia sono. Notou a meia-calça rasgada e algumas unhas quebradas, mas não quis se importar. Entediada, sem nem bem se aperceber, passou a assistir ao trabalho do rapaz. Acompanhava seus gestos e sua dedicação; apertava os parafusos, ajeitava a posição do pneu. O pensamento ficou lento; Lílian respirava, e pulsava, e tremia, e observava. Passou algum tempo. Quase dormiu, achou que, talvez, tivesse sonhado. E sonhou. Mas esqueceu de muita coisa.

O rapaz terminara tudo à uma hora da manhã. Havia guardado todas as ferramentas... o triângulo e a lanterna, vestiu o casaco de volta. Acabara. Não ficou tão bom, ele mal sabia trocar o pneu e dois parafusos faltavam; agüentaria por pouco tempo, mas permitiria a Lílian que chegasse a uma oficina de manhã cedo. Respeitara o repouso dela, mantendo-se em silêncio após terminar o serviço. Só dirigiu-se a ela quando tudo estava pronto:

— Moça, está pronto. Seu carro já está bom para andar. Mas é preciso levá-lo a uma oficina o mais cedo possível.

Lílian acordou devagar de seu torpor, e respondeu, espreguiçando-se:

— Puxa, obrigada.

— De nada. Ufa! Que trabalheira. Bom, está tarde e eu já... é, qual é mesmo o seu nome?

— Lílian.

— Bom, Lílian, eu já tenho que ir agora. Melhor sorte da próxima vez, hein?

— ...

— Eh, até logo, então.

– Tchau.

Ela quis dizer algo.

O rapaz entrou no carro e partiu, despedindo-se com um aceno de mão. Ela retribuiu erguendo um pouco a mão esquerda. Logo o carrão desapareceu.

Exausta, Lílian retirou os sapatos de salto alto para poder dirigir melhor. Quando abriu a porta do carro, pisou nos pedacinhos de papel picado, mas não viu bem o que era. Ligou o carro e partiu. O pneu agüentou bem. Não fazia mais sentido ir à boate. Dirigiu pela pista, vazia, de volta para casa.

Ela foi tão grossa, e ele, tão gentil.

Entrou sem acender as luzes, deitou-se sem tirar o vestido. Demorou muito a dormir. O suor todo secara, deixando uma sensação de asco. O vestido grudava em seu corpo, enrugado e repugnante. Pouco antes de finalmente adormecer, Lílian teve medo de que, talvez, ele fosse sua pele.

GUIMBA

Viajei por e para campos, longe da cidade, longe dela. Para ver se esquecia. Quando cheguei naquele lugarejozinho pequeno era o primeiro cigarro do terceiro maço do dia. Eu fumava? Todas as casas de madeira, uma vila turística. Foi um campo de batalha, eu acho. Não era tempo de férias, de visitante só tinha mesmo eu.

Longe do centro da cidade, onde umas poucas lojas abrigavam mais vendedoras cansadas que mercadorias, ficavam as casas dos meio mil e cento e poucos habitantes, tudo ao redor. O único lugar vivo no centro era um grande armazém; se fosse cidade grande, teria prerrogativa de supermercado. Muita gente comprando lá. Mais pra baixo, descendo a serra por uma trilha de grama morta, era o tal campo de batalha. Me disseram que, procurando, achava de tudo: carcaça de ferro de canhão, corpo de bala, pedaço de pano de uniforme e até osso de soldado. Cinzas. Não acreditei, nem quis ir. Do outro lado, no alto do morro mais alto, ficava o único hotel, grande e rico, estilo colonial. Morro íngreme, uns trenzinhos levavam a gente até o topo.

A ESCRITA DE DEUS

Demorou um me atender. Não era época de se ir ao hotel. Comprei treze maços de cigarro, o suficiente. Não queria ter que voltar do hotel ao armazém. Devia ter cigarros no hotel. Sei lá.

Desci do trem e cheguei ao hotel pensando nela. Nada novo. Tudo vazio, um grande ermo. Recepcionista atendeu-me, desanimado. Podia escolher o quarto que quisesse; um qualquer levou minha bagagem para algum deles, no andar mais alto. Fiz questão de esquecer o número. Lá dentro do hotel era muito moderno e conforto. Piscinas e salas de jogos, bares, uma danceteria, shows ao vivo. Nada funcionando, claro. Bem, só as piscinas. E os jogos, mas ninguém me tinha para jogar com. Ambiente sem graça, só a comida boa. Serviam pratos típicos da região, temperos estranhos e puros. Mesmo assim agradável. Eu precisava de coisas novas.

Passei o primeiro dia enfurnado no quarto. Recusei-me a ligar a televisão. Tentei ler um livro. Os personagens pareciam muito comigo. Cansaço. Fechei-o sem marcar a página. Um dia eu acabo. Cochilei um pouco. Comi chocolates do frigobar com fumaça, um assalto. Não bebi nada; se bebesse era pior, aí sim que não pensava em nada além dela. Umas quatro horas da tarde abri a janela. Dava para a parte detrás do hotel. Nem olhei; o Sol batia forte, iluminou o quarto inteiro. Desci para um barzinho, inho, anexo à recepção. Fiquei lá tomando café até ler seis jornais inteiros, velhos. Todos locais, mas havia algumas notícias de amplo âmbito. Estranho, vê-las agora, já sabendo, lembrando. Não parecem as mesmas notícias, não parece que eu as li. Não foi assim, nem eu. Dormi tarde, sabe lá. Tinha deixado o relógio na mala. Que não abri.

Acordei dia seguinte em céu nublado. Agora a janela era um convite. Descansar meus olhos fora de mim, que eu via uma coisa só. Atrás do hotel a vista era linda. Grama alta e verde escura, arbustos mais claros, pinheiros altos e cheirosos. Todos

188

cercavam uma lagoa. Águas escuras, não espelhavam as árvores em volta. De longe, tinha o formato de uma letra. Mas é porque eu não esquecia, hora nenhuma. Aquela paisagem começou a me dar ânsia. Fui fazer qualquer outra coisa alhures. Ao longo do dia, as nuvens dissiparam, espalharam, sem choro, chuva.

O tempo passava bem rápido. Meu pensamento é que era devagar. Pouco tempo pra pensar; muito do tempo pensando. Não sei quantas semanas foram. Uma noite fui até o lago. Era lua nova, mas muitas estrelas serviam de luz. Sentei-me perto da beirada, que era um declive, numa almofada de folhas fofas. Brisa fria, úmida. Contemplei a superfície da água. Era muito clara e límpida, mas via-se apenas até um metro de profundo. Depois as águas turvavam, completamente negras. Tinha algo lá. A luz refletia estranha na água. Uma parte entrava, nem toda saía e para todos os lados. Um mosquitinho tornava-se mil nessa dança luminosa. Não me fascinava.

De algum pinheiro próximo, veio um gato. Duas brasas na escuridão. Metade dele era branca, metade dele era negra. Não dava pra saber direito a sua cor. A luz das estrelas não era o suficiente e a luz do lago só confundia mais. Com certeza vivia ali por perto, sustentando-se com os restos do hotel. Aos poucos, foi chegando-se perto de mim. Devia estar acostumado com gente. Fosse de uma casa próxima, fugidio? Encostou-se ao meu corpo. Fiz carinhos nele, na cabeça e ao longo do pelo. Gostou. Miou feliz. Muito tempo ficamos assim. Uma hora eriçou o pelo, esticou as garras. Rugiu miado e saiu correndo pra longe. Embrenhou no mato. Fiquei sem reação. Nem fui atrás. Não entendi. Será que a brasa do meu cigarro o tinha queimado? Impossível. Não saiu da minha boca vez nenhuma. Como podia? Jeito nenhum. Frustração. Sei lá, eu gostava daquele gato. Senti os mosquitos zumbirem alto. A grama áspera. Esfriava. Perdeu a graça o jogo cegante dos reflexos no lago. Voltei pro quarto.

A ESCRITA DE DEUS

Nos dias seguintes não perguntei pelo gato. Nem tinha pra quem. No entanto, procurei-o pelas redondezas. Sem entrar em mato cerrado, claro. De dia a lagoa era toda escura. Não fazia nada de mais com a luz amarela do Sol. Vez nenhuma o encontrei, desisti. Não gosto de esforço. Até que em certo momento segui viagem. Quando fui embora até o armazém estava fechado. Não vi ninguém por muitos caminhos. Acabei voltando pra minha cidade. E ela na minha cabeça.

Passaram-se três anos. Ou dois. Pouca diferença. Nesse meio tempo comprei um gatinho. Levei pra casa. Nem num olhei ele, ouvi miar. Um dia, fui procurar e não encontrei. Deve ter caído duma mesa e morrido. Acho que fiz isso com muitos.

Viajei por diversos outros lugares. Não adiantava. Onde quer que eu fosse, eu também estava lá. Fui parar de novo naquele campo de batalha que brincava de ser cidade. Não foi consciente que regressei. Mas que queria, queria. Mais ou menos na mesma época que da outra vez. Mesma coisa. Só o dono do armazém tinha mudado. Comprei meus treze maços. Pude escolher de novo, peguei o mesmo quarto. Contemplei a lagoa da janela, o dia inteiro. Parecia mais ainda a letra. Não tinha esquecido nada. E anos.

De noite fui ao lago. Noite nublada. Nenhuma nuvem ousava cobrir a lua cheia. Esplendor. Grama mais curta, feita. Pinheiros podados. A luz da lua batia na água e não voltava. Sentei na terra barrenta. Pensava no gato. Meus ouvidos atentos. Olhos apertados para enxergar melhor. Qualquer farfalhar, tentava vê-lo pela luz da fumaça. Nada que era. Tive idéia estranha na cabeça.

E idéia foi crescendo. Aproximei da beira do lago, ajoelheime no declive. Enfiei a cabeça e parte do tronco na água. Friíssima. Tremi. Quis voltar. Mentira. Até o fundo escuro mergulhei. E atravessei. Lá estava toda a luz. Acumulada. Reta, simples.

190

A ESCRITA DE DEUS

Soldados mortos. Meio da batalha, o gato. Iluminava o gato. Vi a sua verdadeira cor. E a minha cor.

Conto isto já velho, mas não do tempo. Lembro, fumaça antiga amarga. Brasa queimando negro.

ENTREATO

[Interlúdio: Outra noite sonhei que lia a seguinte passagem em "As Núpcias de Cadmo e Harmonia": "Diana é o primeiro dos ideais femininos. Virgem e caçadora, a deusa contém o *pathos* do desejo masculino básico. O sonho da exclusividade e primazia sobre o corpo feminino combina-se com a transmutação do homem em presa perseguida. A flecha de Diana penetra a carne do homem-lebre, faz dele a virgem, perfurado pelo símbolo viril esvoaçante. O sinal masculino é reconduzido à sua origem feminina, o homem completa-se, penetrador e penetrado, Hermes e Afrodite ao mesmo tempo. Todas as mulheres, invariavelmente, deveriam ser Diana."]

Dentre os vários fatos que não suportava na vida, seu nome era o primeiro deles: Elizabete. É notório que se trata de uma corruptela. Todo nome transmudado é inevitavelmente um simulacro do nome original do qual deriva. O simulacro insinua as características originais sem no entanto ser capaz de reproduzi-las; evoca e promete o que não pode cumprir. Resta a estranha sensação de que o simulacro naturalmente frusta ex-

A ESCRITA DE DEUS

pectativas sem aperceber-se. Deveras, como cumprir algo que se não é? Apenas os mitos são o que deles se espera. Todo homem só não é um simulacro para si próprio, e, às vezes, nem isso.

Entretanto, o individualismo *fin-de-siécle* ironicamente exige o reconhecimento alheio como prova de uma individualidade ultra-exacerbada. Assim, Elizabete não conseguia escapar da sensação de ser um simulacro – digo, sentia-se, de vez em quando, extremamente culpada. Obviamente, nem mesmo a culpa de ter culpa a ela pertencia: apresentada a uma sensação singular pessoal, como imaginar que representa o drama de toda a raça? – não se pode ser indivíduo se os seus sentimentos não são exclusivamente seus e completamente inéditos. Portanto, a causa era o nome, acarretando características de algo que ela não era. "Danem-se as outras Elizabetes: os problemas delas são menores."

[Interlúdio: Pobre moça, nem sequer imagina ser um modelo de um modelo.]

O impulso sexual lúdico converte desejo não imediatamente satisfeito em possibilidade de amor. Ou algo assim. É pobreza cognitiva acreditar que amor pode derivar apenas de sexo: o fim da virgindade (ainda que relativa) mata Diana. Caçar supostas caçadoras é um impulso masculino básico: o homem que leva muitas mulheres rapidamente para a cama, na verdade, quer completar-se, tornar-se mulher – roubar o atributo de caçador efetivamente caçando e abatendo a deusa. Conseqüência: o homem não se permite apaixonar por quem acabou de destruir e humilhar. Entretanto, tais homens jamais se completam. Reforçam sua feminilidade ao custo de parte de sua masculinidade – o ato de posse sexual perde sua qualidade masculina para tornar-se uma afirmação feminina. A mulher, simulacro incapaz de incorporar Diana, aceita o sexo rápido por prazer

194

ou por um sonho amoroso, nunca por amor. Não há tempo para o impulso frustrado pai do amor. O homem que não é amado por suas mulheres perde a oportunidade de ser a caça escolhida de Diana, jamais é perfurado pela flecha da caçadora. O fim da virgindade deve ser uma escolha da Deusa, a seu tempo, para que ela possa permanecer Deusa, e amada. O homem, agora homem e mulher completado por meio do sexo, caça da Deusa, já não se importa com a virgindade, e a Deusa pode viver, renovada a cada intercurso amoroso.

O sonho da Deusa é ser amada. A única forma de fazê-lo é impondo seu amor ao homem, sendo efetivamente a caçadora. A flecha endereçada a certa presa, ou acerta ou erra. O sexo jamais pode ser flecha. A presa, se abatida, enamora-se sempre de Diana. Obviamente, poucas Dianas compreendem essa lógica.

Alegorias nunca são puras. Não existem Dianas de verdade, só simulacros. Elizabete não é uma Diana. Imaginou que talvez pudesse apaixonar-se por aquele operador bancário. A moça era caixa do Banco do Brasil. Trabalho insuportável, ter que cuidar dos problemas financeiros dos outros. Seu nome era Ricardo, boa pinta, bom papo. Ocupava um cargo superior no banco, tinha mesa própria, vendia pacotes bancários pelo telefone. Convidou-a para sair. Cinema. Jantar. Barato. Motel. Sexo. Violento (a morte deve ser violenta). Ricardo reforçou sua feminilidade e não quis mais vê-la. Cumprimentavam-se, e nada mais. Finalmente ela compreendeu que não sairiam novamente. E daí? Foi até bom, gostoso. Elizabete não era Diana, não precisava de amor – podia ser Afrodite, ansiosa por prazer. A multiplicidade dos mitos é excelente.

[Interlúdio: Toda mulher precisa ser Afrodite um dia. Mas qual homem vai compreender isso? Nós desejamos, para amor e para sexo, apenas Dianas, e só.]

A ESCRITA DE DEUS

Meses de impulso contido levaram Elizabete a amar Adriano, o contador do caixa ao lado. Ele a fazia simulacro, ele a exigia Diana. Por alguma razão desconhecida, um homem pode apaixonar-se sem ser flechado. Nesses casos, o homem não quer Diana, mas quer aquela mulher, que ele ama, e, por um processo inverso, torna-se o caçador e termina por completar-se. Não foi essa a situação de Adriano. Ele apaixonou-se nas conversas entre cafezinhos, no contato diário repleto de ternura de Elizabete. A flecha voa lenta por entre os dias, sangrando Adriano devagar. Toques curtos e o alongar de peles prostraram-no abatido à mercê da caçadora.

Mas Afrodite não atira tão bem como Diana. Pode Afrodite voltar a ser Diana? O vento daquele Ricardo desviava a flecha da carne de Adriano — dava-lhe impulso para levantar-se do chão e continuar fugindo. Ricardo era um espectro-nuvem do amor de Adriano. Elizabete não era mais uma pura Diana; amá-la beira a vergonha, nem tanto pelo sexo, mas porque talvez ela tenha curvado o arco e errado; ele, segunda presa.

A psicologia dos mitos é atemporal. Pouco importa que não se amassem quando Elizabete deixou de ser Diana. O amor de Adriano ainda era o amor por uma Diana. Em bons dias, os dois permaneciam juntos por muito tempo, fingiam que não se abraçavam, beijavam-se em cartas que não foram enviadas mas foram lidas ("Deus, ele fala de mim, Deus, essa sou eu"), ou em conversas pretensamente desentendidas. Adriano brincava Elizabete de Diana, cortejava Afrodite, e o medo de cair nos braços da Deusa da beleza faziam-no hesitar e parar antes de tê-la. (Talvez um dia ele reflita que Afrodite é a Deusa do amor, e só se pode amar Diana por meio de Afrodite.).

Os mitos são modelos eternos, que libertam os homens da culpa de não segui-los. Retratam verdades maiores que a realidade. O suplício de Elizabete e Adriano é desconhecê-los: per-

A ESCRITA DE DEUS

manecem presos a arquétipos dos quais não podem libertar-se, pois nem sequer imaginam que os reproduzem.

[Interlúdio final: Espectador solitário, sonho penetrar os sonhos alheios. É triste essa estória banal, figurada mil vezes por casais amadores que nem sabem que encenam.]

CARTAS PARA *WESTFALLEN*

Estocolmo,
Treze de setembro de 1978.
Caro Professor Nirdgaard,

(Faz muito frio em *Westfallen?*)
Envio-lhe uma cópia do estranho manuscrito que recebi alguns meses atrás, sobre o qual comentara em nossa última conversa. Conforme dissera anteriormente, trata-se de um texto pouco confiável, supostamente traduzido de originais chineses pelo padre holandês Patrick Bruynzeels. Apesar de não constar nenhuma data precisa, é possível supor que a obra tenha sido escrita durante a Revolução Cultural.

O principal indício de que o texto é falso, e não passa do delírio de alguém um pouco versado em lendas orientais, é a presença da terceira estória no final do documento, de clara origem japonesa. Ainda que muitos dos contos vilãos japoneses tenham derivado de lendas chinesas, o ulterior desenvolvimento da literatura popular nipônica inseriu uma série de ele-

A ESCRITA DE DEUS

mentos e recursos estilísticos muito diversos dos utilizados nas obras inspiradoras.

Destarte, os principais estudos sobre o folclore oriental apontam a cultura chinesa como uma irradiadora de lendas e conceitos. A hipótese de que as lendas redefinidas em outras culturas tenham contra-influenciado o folclore chinês é pouco provável, e já foi refutada em várias obras importantes. Assim, não posso acreditar que essa terceira estória seja uma lenda chinesa de terceira geração, inspirada em uma lenda japonesa de segunda geração. (Caso tais documentos sejam verdadeiros, a obra de Marcel Granet precisaria ser revista imediatamente).

Trata-se, portanto, de um equívoco do autor, que, se de fato traduziu documentos orientais (ou apenas inventou esses contos, ou os reproduziu após escutá-los do povo), o fez apressadamente e sem os cuidados necessários a uma tradução de linguagens tão diferentes. Penso que a terceira estória talvez tenha sido contada por um japonês, ou constava de um documento japonês escrito em chinês (já que os caracteres chineses, como se sabe, prestam-se a representar graficamente qualquer língua, e a maioria dos documentos orientais anteriores ao século XIII utilizam-se dos ideogramas chineses).

É uma pena que esse manuscrito tenha chegado às minhas mãos sem nenhuma indicação sobre o remetente. Dói-me pensar que talvez tudo isso seja uma brincadeira, quem sabe feita até mesmo por um de meus alunos, ou pelo meu vizinho. (A referência a Mozi é absurda, e fez-me rir por uns bons dez minutos).

De qualquer forma, espero que o documento lhe seja proveitoso. Anseio marcar uma data na qual possamos avaliar conjuntamente o manuscrito original, e comprovar sua falsidade ou veracidade.

A ESCRITA DE DEUS

Sinceramente,
Professor Karl Enklund.

PREFÁCIO

Este livro tem o breve intuito de relatar três curtas e interessantes estórias chinesas, de caráter semelhante ao dos contos dos irmãos Grimm antes de terem sido escritos pelos irmãos Grimm. Os documentos originais que os relatam estão velhos e carcomidos, guardados em uma minúscula biblioteca de um antiga vila dos tempos imperiais. Aparentemente, seu autor seria Mozi da Escola dos Nomes. Infelizmente, pouco pude descobrir sobre esse filósofo.

Provavelmente, em pouco tempo esses documentos terão sido queimados pelos camaradas de Mao, e não creio que conseguirei encontrar essas mesmas lendas relatadas de forma semelhante em outros compêndios da mesma natureza. De fato, acredito que tais contos são um resquício miraculoso da grande queima de livros imediatamente anterior à construção da Grande Muralha (a pressa não me permite precisar a data, e escapa-me o nome daquele Imperador).

Assim, acredito na minha função missionária de mantenedor da cultura, e espero que a minha humilde tradução torne esses contos acessíveis ao grande público ocidental.

Por fim, gostaria de ressaltar as extremas dificuldades de uma tradução feita do chinês para qualquer outra linguagem escrita. Existe uma série de conceitos e idéias chinesas únicas, inexistentes nos outros idiomas, e vice-versa. Tentei manter-me fiel ao texto original, e sempre procurei, quando não foi possível estabelecer uma tradução exata, escolher os termos mais próximos da idéia original contida no texto. Às vezes, é de todo

A ESCRITA DE DEUS

impossível traduzir uma idéia chinesa; nesses casos, peço desculpa aos meus leitores, mas afirmo que também eu fui incapaz de apreender o que o "narrador" oriental desejava exatamente transmitir.

Padre Patrick Bruynzeels,
Novembro de 1970.

(Escrita prensada e encurtada logo abaixo do Prefácio, fixada no papel amarelado)

Há um último conto que eu gostaria de ter traduzido propriamente, mas a presença iminente dos comunistas impediume de fazê-lo. De qualquer forma, transcrevo-o brevemente, e, se possível, terminarei o trabalho em outra época.

Conta-se que certo dia Confúcio caminhava sozinho por uma floresta próxima ao ducado de *Wu*, pois seus discípulos estavam atarefados preparando tendas e tapumes para a noite. O mestre sentou-se em uma grande pedra redonda próxima de um riacho, e, sentindo dores no pé direito, encontrou um furúnculo enegrecido encravado na sola da pele. Confúcio espremeu o leicenço, e, em seguida, entrou no riacho para banhar-se e lavar-se.

Quando saiu do riacho, um grande dragão o aguardava, sentado na mesma pedra onde antes extirpara o tumor. O sábio cumprimentou o dragão devidamente, e perguntou-lhe:

– Bela criatura celestial, em quê posso ajudar-te?
– Conheces um cavalheiro chamado Confúcio?[1]
– Sim... sou eu.

---

1. (Nota de Enklund, rabiscada na margem da cópia): Eis um claro exemplo do parco conhecimento de Bruynzeels sobre a cultura chinesa. Obviamente, o dragão dirigir-se-ia a Confúcio de acordo com as regras de etiqueta da época. Eu

A ESCRITA DE DEUS

— Disseram-me que és um homem sábio.

— Não sei, tento ser um cavalheiro.

— Preciso da tua ajuda.

— Como posso servir-te?

— Sou triste e incompleto.

— Por quê?

— Um dia, vi em uma superfície esquerda cristalina curvada minha algo. Nesse dia, não fui e nem não fui. Não estive no tempo e nem estive fora do tempo em *Wu*, e não estive no tempo e nem estive fora do tempo em *Wei*, e também todas as outras possibilidades.

— Algo?

— Não sei dizer. Quero sentir-me novamente assim.

— Não sabes dizer?

— Não.

— Não posso ajudar-te.

— Por que?

— A Terra do Meio há tempos não tem Imperador.

O Dragão deu as costas e foi embora, triste. Confúcio voltou aos seus discípulos, mais triste ainda por causa da verdade que acabara de dizer.

A LENDA DO REI DE QIN

Durante um certo período da História, os reis de Qin arrogaram-se de direitos e prerrogativas imperiais, pois pretendiam subjugar toda a civilização e fundar uma nova dinastia. Apesar

tencionava indicar todas as falhas dessa natureza ao longo do manuscrito, mas eram tantas que acabei por desistir de catalogá-las. Entretanto, qualquer pessoa com um mínimo de conhecimento sobre a as características da China durante o período Antigo poderá identificar a maioria delas com bastante facilidade.

A ESCRITA DE DEUS

dos conselhos dos homens sábios e da revolta da boa população do reino, os senhores de Qin vestiam-se além do que poderiam, alimentavam-se além do que poderiam, tinham mulheres além do que poderiam – com o tempo, os sábios sumiram, e todos acostumaram-se com a nova situação. Apesar de tudo, os soberanos desse reino eram homens justos e honestos, quase cavalheiros, e facilmente obtiveram o amor do povo e dos nobres – talvez até mesmo merecessem o favor dos Céus e uma dinastia, uma vez que exerciam os poderes imperiais dignamente. Construíram um *Ming Tang* belo, grande e de números poderosos – pretendiam ser o centro.

O rei *Hiao* era um bom soberano (apesar de seu título verdadeiro ser Duque, mas ele se disse rei, e foi rei). Possuía a pele branca e fina, mãos macias e alongadas adornadas de unhas vermelhas, seu rosto era delgado e imberbe, longos cabelos negros de seda resplandecente desciam por suas costas. *Hiao* divertia-se em brincar com bichos de seda, em observar as fiandeiras e banhar-se na água quente. Às vezes, passeava em uma liteira pelo reino, e agradava-lhe colher as novas espécies de flores que encontrava pelo caminho.

Em uma dita noite, o rei ordenou aos seus servos que fossem até uma minúscula cabana localizada em um dos bairros mais pobres da capital. Lá encontrariam uma jovem de cabelos bem curtos e rosto curtido, que deveriam trazer até o Palácio o mais rápido possível.

Os servos seguiram contentes até o bairro pobre. Acreditavam que o rei desejasse "desposar" a jovem, e essa notícia satisfazia-os imensamente. Eram correntes os boatos de que o rei já não visitava o harém, e todos preocupavam-se com a ausência de um herdeiro. Cantavam sobre façanhas sexuais, e regozijavam-se pelo fato de *Hiao* demonstrar renovados desejos masculinos.

Quando adentraram a cabana indicada, encontraram apenas uma jovem muito feia. Seus traços eram brutos e seus cabelos curtos e sem brilho; tinha a pele curtida e os músculos bem definidos: alguns poderiam até mesmo achar que se tratava de um homem, mas esses estariam errados. A jovem seguiu os soldados sem resistência e parecia bastante feliz de ser levada até o rei. Os servos bem a compreendiam: era uma grande honra ser chamada à presença de *Hiao*, ainda mais sendo uma mulher tão pouco desejável.

Hiao havia separado uma grande sala confortável, e rechea-ra-a de almofadas macias e iguarias deliciosas. Quando seus servos trouxeram a jovem, ele logo os dispensou, e, sozinhos, fitaram-se.

A jovem aproximou-se de *Hiao* e tocou seu rosto.

– O senhor deseja casar-se comigo?

– Antes, é preciso observar esquerdo pelo cristal.

A jovem ajoelhou-se diante do rei, que tomou suas têmporas com as duas mãos e fixou-se no olho negro. Não é possível saber quanto tempo passou.

No fim do dia seguinte, os servos procuraram por seu rei, mas não foi possível encontrá-lo. Em algumas horas espalhou-se a notícia do desaparecimento do duque, e uma terrível guerra civil estourou por todo o reino de Qin. Cada nobre pretendia nomear-se o novo rei, e as mortes foram incontáveis.

Esses fatos foram-me contados por uma bela jovem de longos cabelos negros sedosos que escapara de Qin pouco antes de os confrontos intensificarem-se. Apesar de ser uma moça muito bela, recusou diversos casamentos com cavalheiros importantes. Hoje em dia, sei que ela gosta de permanecer nua no meio dos rios, sentindo o fluxo perene do devir aquoso.

A LENDA DE YI LING

Diz-se que, no próspero reino de Qin, residia a mais linda de todas as mulheres da China, a moça dos fios perfeitos *Yi Ling*. Apesar de ser cobiçada por todos os homens que a viam, *Yi Ling* era muito pobre e descendia de uma família desimportante – seus pais não desejavam casá-la com um homem sem títulos, mas nenhum nobre ousava dispensar as vantagens políticas e econômicas de uma união aristocrática.

Assim, a jovem permanecia triste e sozinha em casa, pois seus pais mantinham-na sob constante vigilância, tanto para que ela não fosse estuprada quanto para que não cedesse suas carícias para algum que a agradasse. Entretanto, *Yi Ling* tinha os olhos distantes, e parecia pensar em coisas diversas.

Certo dia, o rei de Qin passeava a cavalo pelo seu reino quando avistou *Li Ying* na janela de sua casa, cantarolando uma música infantil. Maravilhou-se e, assustado, fugiu de volta para o Palácio. Tratava-se de um rei jovem, que se dizia imperador, mas nada sabia sobre mulheres e os deleites da pele. Tinha um harém, mas pouco o visitava e ainda não possuía uma esposa de verdade, que lhe desse um herdeiro legítimo. Fascinado pela suprema beleza daquela aldeã, o rei decidiu ignorar as regras e, uma vez que era imperador, determinou que poderia casar-se com quem desejasse. Ardia-lhe a vontade do colo de *Yi Ling*.

O rei ordenou que seus servos fossem buscar a jovem em sua casa e que, sem molestá-la, a trouxessem para o Palácio. Quando os pais de *Yi Ling* viram todos aqueles soldados, tiveram muito medo, e temeram até mesmo pelas suas vidas. Entretanto, o capitão dos soldados informou-lhes sua missão, e exigiu que a sua filha os acompanhasse para ver o rei. Os velhos resignaram-se, apesar de desgostosos: mesmo assim, ser prostituta do imperador era um destino dos melhores possíveis.

Yi Ling acompanhou os soldados sem resistência, e sua beleza iluminava a tarde escurecida. No caminho de volta ao Palácio, a lealdade daqueles soldados foi verdadeiramente testada. Entregaram *Yi Ling* diretamente ao rei e correram para suas esposas e bordéis o mais rápido possível.

O rei contemplou estupefato os dotes de *Yi Ling*: não conseguia vê-la como uma mulher, era uma criatura celestial. Maravilhado, com lágrimas nos olhos, o rei perguntou:

— Sabes quem eu sou?

— És o duque de Qin.

— Rei de Qin.

— Sim...

— Sabes porque te trouxe até a minha presença?

— Não, meu senhor.

— Quero fazer-te minha esposa.

— Senhor...

— Não me negues nada, sou o rei.

— Mas, senhor, e a etiqueta?

— Eu sou o rei: digo que a etiqueta é outra e a etiqueta é outra; todos os nobres agora devem casar-se com aldeãs, e assim é.

— Diria isso?

— Sim.

Yi Ling pareceu desviar-se do rei. Era como se ela pensasse em outras coisas, e não se importasse com o rei à sua frente.

— Casa comigo.

— Não desejo.

— Como?!

— Não desejo.

— Ousas me contrariar?!

— ...

— Forçar-te-ei. Posso obrigar-te a casar agora mesmo. Digo que és minha esposa e és minha esposa.

A ESCRITA DE DEUS

– Faze isso e tornarei tua vida um inferno. Meu leito será frio e áspero, não terei sorrisos para ti, trair-te-ei a cada oportunidade que tiver, e envenenar-te-ei quando estiveres descuidado.

O rei assustou-se. Nunca ninguém dirigira-se a ele nesse tom: ele simplesmente não sabia como reagir. Frustrado, jogou-se sobre uma almofada e fechou os olhos. *Yi Ling* brincava com os detalhes de um brinquedo de madeira.

– Como posso convencer-te?

– A quê?

– A casar-te comigo.

– Tu te dizes imperador?

– Sim, serei o futuro imperador, sou o imperador.

– Há um ponto negro em meus olhos azuis. Gostaria de observá-lo.

– Como? Não te entendo.

– O ponto está dentro do meu olho, não posso vê-lo.

– Um espelho não serve?

– Um espelho é o contrário.

– Como sabes que há um ponto?

– Não há.

– ?

– O ponto não tem um nome... inexiste.

– Não há ponto?

– Não.

– Como sabes que ele existe?

– Já o vi uma vez.

– Mas não dissestes que ele não existe?

– (Suspiro).

– O que queres?

– Eu poderia ser outro, e olhar a mim mesmo o ponto no olho.

– ...?

– Se eu fosse outro, poderia ver dentro do cristal.

– Mas, se fosses outro, deixarias de ser tu.

– Outro poderia ser eu.

– Mas então inexistiria o ponto no outro.

– Não és o imperador?

– Sou.

– Basta dizeres que há o ponto, e dares-lhe um nome. Dize que eu sou outro, e outro sou eu, e esse outro tem um ponto no olho, e esse ponto tem um nome, e portanto existe.

– És louca?

– Pareço-te louca? Casar-te-ias com uma louca?

– Por que queres ver esse ponto?

– Por que queres casar-te comigo?

– És a maior perfeição que já vi.

– O ponto é a maior perfeição que poderei ver.

– Já não o viste uma vez?

– (Suspiro).

O rei sentiu-se ligeiramente enciumado.

– Se... se eu fizer o que me pedes, serás minha?

– Sim.

– Mas, quem aceitaria essa loucura? O imperador dita o nome de tudo, mas existem limites.

– A realidade não é tua?

– Sim.

– Temes os outros homens?

– Não!

– Temes a ti mesmo?

– ...

– Não és tu que me queres?

(Infelizmente, a página final deste conto faltava no documento da biblioteca – jamais tive contato com o término desta estória – Bruynzeels).

A ESCRITA DE DEUS

A LENDA DA PRINCESA VIRGEM

O Imperador *Shang* amava perdidamente sua esposa, Zi-lu, a mais bela de todas as princesas da Terra e do Céu. Quis o destino que o amor entre essas duas almas pouco durasse. Muito jovem, antes sequer de dar um herdeiro para a Terra do Meio, Zi-lu, distante de seu marido em uma mansão no campo, foi acometida por uma terrível pestilência que ceifou-lhe a vida em menos de quatro ciclos lunares.

Quando o Imperador soube da notícia, desesperou-se terrivelmente. Seu tempo junto de Zi-lu havia sido muito curto, pois, logo após o casamento, *Shang* teve de comandar guerras no norte para defender o seu Império. Quando finalmente retornou, encontrou-a morta e honrada por toda a China.

O Imperador construiu um imenso mausoléu para sua amada, queimou um milhão de canos de incenso e fogos de artifício, pagou velhas lamentadoras por dez anos. Entretanto, o coração de *Shang* sofria horrivelmente. Ele tinha medo de que o espírito de Zi-lu duvidasse de seu amor, de que ela não tivesse certeza de que era a única mulher que lhe daria prazer tocar a pele.

Desiludido, o Imperador procurou conselhos entre todos os nobres e velhos sábios, mas nenhum deles soube dizer nada que pudesse apaziguar-lhe o coração. Certo dia, um velho conselheiro aposentado de seu pai solicitou uma audiência, prometendo dar um pouco de alento ao pobre Imperador. *Shang* recebeu-o sem entusiasmo, mas escutou suas palavras.

– Senhor, posso fazer-te uma pergunta pouco apropriada?

– Faça-a, nada no mundo importa-me.

– Chegaste a possuir tua esposa?

– Não, não houve tempo.

– A bela Zi-lu faleceu virgem, então?

210

A ESCRITA DE DEUS

– Sim, terrível aflição em meu peito.

– Senhor, não te lembras das lendas infantis que tanto contei-te e recontei-te no passado?

– O que queres dizer?

– Não te lembras da ilha sagrada e secreta para onde os espíritos das princesas virgens partem ao morrer?

– Sim, lembro-me vagamente, mas de que adianta tal lenda?

– Senhor, não te lembras de que tal ilha fica na Terra, não no Céu nem no fundo das águas, mas na Terra?

– Sim, lembro-me.

– Senhor, conheço tua aflição. Temes a falta de confiança do espírito de tua amada em teu amor. Prepara uma mensagem de carinho, afeto e ternura, e ordena que um dos teus servos vá à procura de tal ilha e entregue a mensagem à princesa.

Os olhos do Imperador encheram-se de lágrimas e de esperança. Levemente, sorriu.

– Sim, farei isso, tens toda razão. Tu és meu nobre mais fiel, pois esforçaste-te para trazer alento a teu suserano. Concedo-te a graça de partir em busca da Ilha onde habitam os espíritos das princesas virgens; entrega a mensagem que escreverei para Zi-lu, e volta para contar-me a sua reação.

O velho conselheiro já esperava receber ele próprio a missão, e agradeceu a honra ao Imperador. Ele tomou a mensagem amorosa escrita pelo punho do Imperador e partiu pelo mundo em busca da Ilha lendária.

As aventuras do conselheiro foram muitas e espetaculares. Após dez anos de incansáveis peregrinações, bem ao norte nas terras brancas e águas geladas o velho encontrou a Ilha, repleta das mais belas princesas, brancas e puras, pobres criaturas ledas e inocentes. Lá, foi recebido pelo guardião, um imenso dragão de olhos ameaçadores e paternos. O conselheiro identificou-se e relatou sua missão ao dragão, que imediatamente tornou-se

A ESCRITA DE DEUS

respeitoso e amigável. Era uma grande honra receber um emissário do Filho dos Céus em seus parcos domínios.

O conselheiro foi autorizado a ver Zi-lu, e entregou-lhe imediatamente a carta do Imperador. A princesa leu-a, extasiada, e chorou emocionada e enternecida. Agradeceu infinitamente a bondade do conselheiro e pediu que dissesse a *Shang* que também o amaria para sempre, sempre.

Quando o conselheiro preparava-se para deixar a ilha, o dragão perguntou-lhe:

— Não desejas levar a princesa de volta ao Imperador? Eu autorizo-te, podes fazê-lo sem temor de punição dos Céus.

— Meu Imperador ordenou apenas que eu entregasse a carta para Zi-lu.

— Mas não seria essa a vontade do Imperador? Ter Zi-lu de volta?

— Senhor Dragão, tua ilha só existe porque o Imperador disse que ela existe. Antes, tu não existias, ou não te lembras?

— ...

— Meu Imperador disse essa ilha para que entregasse sua carta à amada. Não achas que se seu desejo fosse outro do que o dito, ele não o teria dito?

O dragão assentiu com a cabeça; em seguida partiu o velho de volta ao Imperador. Na China, relatou o ocorrido para *Shang*, que recebeu emocionado as notícias de sua princesa. Grato, concedeu imensas honrarias ao velho conselheiro.

A Escrita de Deus

> *Imaginei a primeira manhã do tempo, imaginei meu*
> *deus confiando a mensagem à pele viva dos jagua-*
> *res, que se amariam e se gerariam eternamente, em*
> *cavernas, em canaviais, em ilhas, para que os últi-*
> *mos homens a recebessem.*
>
> Jorge Luís Borges, *A Escrita do Deus.*

27 DE MARÇO DE 1623

A mata era quente. Com o tempo, acabava-se acostumando com o suor escorrendo das mãos enquanto se escrevia. Os pouco habituados borravam o papel milhares de vezes antes de adaptar-se, e até mesmo estragavam a preciosa tinta, rara regalia nas paragens brasileiras. Padre Hermes ajustara-se bem rápido. Alguns jesuítas brincavam perguntando como ele fazia para não suar. Hermes ria – não revelava seus segredos para qualquer ignorante.

Raramente recebia notícias da Europa. Imaginava que boa parte das cartas a ele destinadas eram destruídas nas catedrais européias, após a breve triagem de algum bispo menor. Não se importava realmente – as cartas não lhe revelariam nada que não pudesse ser encontrado em qualquer país, em qualquer terra. Por algum motivo permitiram que chegasse até as suas mãos a correspondência de Ancelloti, seu sobrinho italiano. Provavelmente uma brincadeira cruel – fora expulso da Itália para o

Novo Mundo, sob pena de ser condenado pela Santa Inquisição. Após alguns anos nas terras portuguesas, entretanto, convenceu-se de que na verdade ele é que havia se livrado dos inconvenientes do Velho Mundo.

Ancelloti até que era esforçado – com um pouco de estudo poderia livrar-se do ranço cristão que assolava a Europa – mas jamais tivera a oportunidade de contemplar um livro. O próprio Hermes ensinara-o a ler e a escrever, durante os meses em que viajara pela Sicília. Esta era a primeira carta em anos – o jovem pedia conselhos ao velho tio, acreditava vislumbrar a possibilidade de ingressar na vida política sardenha.

Ali estava um exercício interessante: a tinta era pouca; dispunha de uma única folha de papel para auxiliar o sobrinho; e poderia estragar apenas uma pena de escrever. Sabia que Ancelloti faria exatamente o que ele recomendasse – traçaria o destino de um homem (se é que há uma diferença entre um homem e seu destino) de uma vez, com uma pena, em uma folha. Armava a estrutura da carta mentalmente – as palavras deveriam ocupar precisamente a superfície do papel, sem economia ou excesso de extensão; teriam a dupla função de auxiliar Ancelloti e de burlar a censura da Igreja. Percebeu que as palavras dependeriam uma da outra, profundamente relacionadas entre si; a disposição de cada uma no espaço alteraria seu valor na mensagem, e a pressão da pena no papel determinaria a aprovação do bispo. Traçava o conjunto com calma: o ato de escrever deveria ser a mera reprodução do processo mental preconcebido, um reflexo da carta que já é antes de ser escrita. Era importante prever em que momento a tinta acabaria, quando a pena se partiria, garantindo assim que tudo endossasse o sucesso do homem Ancelloti.

O sobrinho haveria de ser um político; precisava, portanto, de uma boa esposa, ou pelo menos uma amante influente. Pro-

A ESCRITA DE DEUS

curou lembrar-se das italianas que serviriam. Pensava com calma – descartou mais de uma jovem devido à cor de seu cabelo; queria bem a Ancelloti.

Gritos infantis interromperam a sua concentração. Um curuminzinho que vivia pelas missões aproximava-se correndo, chamando pelo seu nome. Arfava:

– Padre Hermes? O senhor é o padre Hermes?

Era estranho como as línguas todas soavam sempre iguais.

– Sim, sou eu. O que houve, pequenino?

– Padre, lá na missão, pegaram o Sauiá!

– Como assim, curumim? Algum português o fez de escravo?

– Não. O padre Manoel e o padre Fernão acharam-no metido na mata, fazendo bruxaria feia com couro de surucucu. Ele tentou fugir, mas os padres atiraram na perna dele e o arrastaram de volta para a missão.

Péssima notícia. Sauiá compreendera-o desde cedo, há anos ajudava-o em tudo que precisasse.

– O padre Vasco ficou muito zangado; logo Sauiá, que se jurava convertido e crente em Cristo; e condenou-o à morte. O pobre implorou para se confessar antes de morrer. Mas insistiu que se confessaria apenas com o senhor. O padre Vasco mandou-me vir perguntar se o senhor pode ir até lá.

– Recolha as minhas coisas, curumim, eu vou com você.

A consternação no acampamento principal da missão era geral. Todos os religiosos sabiam da amizade entre Hermes e Sauiá, e creditavam a conversão do selvagem ao recluso estrangeiro. O retorno do índio aos seus hábitos pagãos simbolizava um fracasso do padre Hermes. O curumim logo desapareceu, e Hermes foi direto conversar com Vasco. O padre supervisor da missão contou-lhe o sucedido, corroborado pelo depoimento de Manoel e Fernão. Mostraram-lhe o couro da

215

surucucu e os estranhos instrumentos utilizados pelo selvagem.

— Deixe-me vê-los. — pediu Hermes.

Eram todos metálicos — e seus, claro. Guardou-os.

— Roubou-os de mim.

— Padre Hermes, desculpe-me tê-lo incomodado, mas o índio insistiu para conversar apenas com o senhor.

— Tudo bem. Onde ele está?

— Preso, ali.

— Soltem-no. Eu quero conversar com ele em um lugar calmo, isolado.

— O senhor tem certeza?

— Eu me responsabilizo.

Soltaram Sauiá, ele e Hermes dirigiram-se para a mata. Hermes era forte, os padres pouco recearam que Sauiá pudesse atacá-lo, quanto mais ferido. Vasco ainda despediu-se:

— Padre Hermes... não foi culpa sua.

Os dois penetraram pela floresta, em completo silêncio, até terem certeza de que não poderiam mais ser ouvidos. Perscrutaram a folhagem, tentando descobrir se alguém os seguira. Aguardaram calados por dez minutos.

— Sauiá, você sabe que eu não tenho como salvá-lo.

— Não tem problema, pai, eu é que fico triste, eu é que peço desculpas por não poder mais ajudá-lo.

— Deixe de besteira, Sauiá.

— Não, pai. O senhor não é como os outros padres, o senhor não me ensinou as crueldades que eles ensinam, o senhor não desrespeitou a verdade com outra verdade. Pelo contrário, o senhor sonhou junto de mim, e deixou-me sonhar o seu sonho. Eu não poderia morrer mais feliz.

Poucos europeus nutriam tanto entusiasmo pelas suas idéias como Sauiá. Tinham medo — o Deus católico era medonho.

A ESCRITA DE DEUS

– Sauiá, o que você estava fazendo quando o pegaram?

– Eu estava experimentando as magias que o senhor me ensinou, pai. Os segredos que o senhor não podia testar à vontade, porque sempre o vigiam.

Hermes baixou os olhos – a morte daquele amigo era sua responsabilidade – sentiu-se a metade de como sonhava que se sentiria um dia.

– Pai, eu mexi com as surucucus. Há algo importante nelas, por dentro do couro por entre a pele. Se eu tivesse mais tempo, mais alguns anos, acho que desvendaria parte da trama. Que pena! Se pelo menos eu pudesse lhe explicar.

– Não há como explicar... Nós não temos mais muito tempo, Sauiá.

Abraçaram-se. Choraram juntos. Alguns meses antes de morrer, Hermes sonhou que daquelas lágrimas nascera um formigueiro.

– Pai, o senhor não pode ficar sozinho. Visite a tribo de onde eu vim, converse com meu irmão Baitaca. Eu falei do senhor para ele. Ele ficou bastante entusiasmado. Conte para ele o que aconteceu, ele certamente vai ajudá-lo, seguir os meus passos.

– Falarei com ele.

Despediram-se mais uma vez.

– Eu vou pedir que o matem rápido, sem dor.

– Pai... se um dia o senhor puder...

Sauiá tinha mais fé que o próprio Hermes.

– Prometo, Sauiá, se um dia eu puder, eu farei.

– Obrigado, pai. Morro feliz.

8 DE NOVEMBRO DE 1628

Havia três anos padre Vasco morrera. A demora de um substituto vindo da Europa acarretou o fim daquela missão. Os padres remanescentes espalharam-se pela colônia, juntaram-se a outras missões, desagregaram-se. Fernão e Manoel morreram de malária. Paio e Antônio dirigiram-se para a costa. Leonardo voltou para a Europa. Os outros não tinham nome.

Hermes, entretanto, permaneceu na mata. Vivia em uma cabana, auxiliado por Baitaca. O tempo fê-lo compreender que não tinha necessidade de livros, nem de papel ou de tinta. Tudo estava escrito em todos os lugares. Releu a *Odisséia* nas farpas de um tronco, conheceu Racine nas costas coloridas de uma joaninha ("Racine fez joaninhas!, sem saber, o maldito fez joaninhas!"). Não precisava escrever nada, pois tudo já estava escrito em algum outro lugar, de alguma outra forma. Eis o seu tormento: aprender a escrever a forma primeira.

Baitaca permanecia longe de Hermes por vastos períodos. Vagava pela floresta a mando do padre, procurando ervas e recolhendo notícias. Raramente retornava com algo de bom para contar. Entretanto, mais de uma vez Hermes mostrou-lhe mistérios pelos quais morreria. Acreditava que o padre, já próximo da velhice, lentamente enlouquecia. Tencionou abandoná-lo várias vezes, mas lembrava-se do irmão, e dos anos de companhia. Tinha dúvidas sobre loucura e sanidade que o forçavam a permanecer – talvez todos fossem loucos; Hermes gradualmente tornava-se são.

Os boatos que corriam pelas tribos imediatamente chamaram a atenção de Baitaca. Surgira um demônio, vagando insano pela floresta, tornando a vida dos homens insuportável. Hermes avisara-o sobre demônios – demônios são apenas homens, dizia o padre, mas homens que podem nos ajudar; se souber de algum, volte depressa para avisar-me. A notícia era verdadeira – Baitaca lançou-se no rastro do espírito maligno, e quando percebeu a mata vazia de animais, fugiu apavorado.

Encontrou Hermes dormindo sobre a esteira de galhos. Preparou fogueira e comida, esquentou água para o padre lavar-se. Quando acordou, Baitaca apertou sua mão afetuosamente.

– Baitaca, não fique tanto tempo longe assim.

– Pai, como o senhor está?

– Bem, bem. Cansado, mas bem.

O padre lavou-se, vestiu-se, e sentou-se junto de Baitaca para comer. O índio assara uma pequena cotia, suficiente para os dois.

– Ah, Baitaca, eu venho trabalhando com ibijaras ultimamente. Sinceramente, não sei o que o seu irmão encontrou nas cobras. Bom, claro, há algo... mas como? Até mesmo uma folha seca parece revelar mais.

Baitaca não riu.

– O que houve, filho? Eu o ofendi falando do seu irmão? Desculpe.

– Não, pai, não ofendeu. O problema é lá na floresta.

– Há notícias?

– Apareceu um demônio, pai.

Hermes exaltou-se.

– Tem certeza? Não é alguma mera fantasia?

– Não, pai, eu o persegui. Por onde ele anda não trilham animais.

– Você o viu? Sabe como ele é?

– Não o vi. Dizem que era de uma tribo guarani. Seu corpo tem marcas iluminadas por sóis.

O padre levantou-se.

– Filho, volte para a mata, descubra o caminho para essa tribo. Deixe-me só, tenho muito o que pensar.

Baitaca terminou de comer, triste. Não desejava abandonar o padre tão cedo. Não compreendia bem Hermes, mas pressentia que seu tempo juntos acabara. Não sabia o que faria separado do padre; era impossível viver menos do que sonhava Hermes.

A ESCRITA DE DEUS

Antes de Baitaca voltar para a floresta, Hermes saiu da cabana, nu, exalando fumaça pelos poros, coberto de penas e ervas:

– Filho, antes de partir, traga-me algumas cobras. Quero ver as cobras.

2 DE JANEIRO DE 1629

Chovia torrencialmente. Baitaca estava doente – fora picado por algum inseto durante a sua última viagem. Hermes cuidou dele por uma semana: rezou, preparou remédios e poções, mas não surtiam efeito. Não tinham gosto. O padre dizia que era malária, e nada explicava.

Naquela noite a febre aumentara. Por entre os olhos semicerrados, Baitaca percebeu Hermes vestido como um guerreiro vindo de longe, armado, pronto para viajar. O padre depositou sua bagagem no chão, e ajoelhou-se próximo à face do índio.

– Baitaca, é hora de eu partir, é o momento de nos separarmos. Eu estou velho, e sei que esse demônio é a última chance para o nosso sonho. Os mistérios que lhe revelei – eles estão com o demônio. Devo procurá-lo, achá-lo, e devo fazê-lo sozinho. Viva a sua vida, não me procure, separamo-nos agora. Quando puder, volte para sua tribo, e, um dia, talvez nos encontremos novamente. [...] Saiba que eu o amo como a um filho.

Hermes beijou a testa do índio, despediu-se uma última vez, e partiu mata adentro.

A chuva avolumava-se, fria e cortante. A madeira da cabana ruía e apodrecia. A pele de Baitaca ardia, seu corpo levitava convulsionado. Soube que morreria.

"Condenou-me à morte; igual ao meu irmão, condenou-me à morte."

8 DE MARÇO DE 1629

A chegada de Hermes à tribo foi marcada por alegria e festividades. Era grande pela floresta a fama do estranho padre, reconhecido como sábio e santo, respeitador dos índios mais do que qualquer estrangeiro. Na verdade, os guerreiros tinham esperanças de que o padre caçasse o demônio nascido na tribo, seu antigo companheiro, e pusesse um fim à brisa de medo e terror presente durante os últimos meses.

Após a cerimônia do sapirão, em homenagem ao padre estrangeiro merecedor de tais honras, o cacique em pessoa interpelou Hermes a respeito de sua visita à tribo.

– Quem era mais próximo dele?

– Ele tinha uma esposa, a jovem Arani.

– Deixe-me falar com ela.

– Ela está muito triste, isolou-se dos outros, não fala com ninguém. Permanece dentro da oca, encostada, murmurando canções infantis.

– Deixe-me falar com ela.

O cacique conduziu Hermes até uma das menores ocas da tribo. O recinto perdera toda a pujança de uma morada indígena tradicional – Arani tornara-se tabu, e nenhum outro casal ousava compartilhar a residência na qual surgira o demônio. A jovem estava de cócoras, encostada na parede, recoberta por sombras.

– Deixe-nos a sós.

Hermes aproximou-se de Arani devagar, com passos certos. A moça virou-se lentamente, olhou-o nos olhos, sem medo. Sentiu-se leve, teve vontade de conversar. Sentaram-se juntos no chão.

– O senhor é o estrangeiro santo, não?

– Sou estrangeiro, não sou santo.

A ESCRITA DE DEUS

– O senhor vai ajudá-lo?

– Como aconteceu?

Arani começou a chorar. Hermes acalmou-a.

– Ele teve um sonho. Foi um dia em que estávamos sozinhos na oca. Havíamos feito amor, e dormíamos abraçados, carinhosos. Ele despertou no meio da noite, acordou-me em seguida. Contou-me que sonhara com um símbolo, um sinal, um conjunto de linhas de cristal. Estava tão fixo em sua mente que podia lembrá-lo em detalhes. Disse-me que parecia coisa de branco. Tranqüilizei-o, nos amamos novamente, e voltamos a dormir.

Um sonho. Houve de ser um sonho.

– Mas de manhã bem cedo ele acordou gritando, desesperado. A oca estava muito iluminada, estranhas luzes coloridas de todas as cores e mais. Eu acordei, e olhei para ele, apavorada, comecei a chorar, por causa do que ele se tornara. Ele não prestou atenção nas minhas lágrimas, e contou apressado que sonhara com milhares de outros símbolos, todos parecidos; eram sinais estranhíssimos, alegres, medonhos, tristes ou invisíveis. E chorou ao dizer que todos eles juntos formavam o seu reflexo no lago. Os símbolos eram ele e afloravam em sua carne. E, que horror!, os símbolos realmente afloravam em sua carne. Sua bela pele, minha pele, estava toda coberta por essas estranhas marcas, de todas as formas, de todos os tamanhos, cristalinas. E de cada um deles vazava uma das sinistras luzes que lhe falei, cada uma de uma cor, parecia um arco-íris de milhões de arco-íris.

– Arani, você se lembra de algum desses símbolos?

A índia pegou um pequeno graveto e desenhou no chão.

– Lembro-me deste: ⟡. Estava no meio da testa dele.

222

A ESCRITA DE DEUS

Hermes refletiu por alguns instantes.

– Continue.

– Quando ele terminou de falar, eu chorava ainda mais forte. Ele percebeu, e perguntou o que estava errado. Quis abraçar-me, mas afastei-me. Foi triste quando ele se deu conta do próprio aspecto. Olhou para os próprios braços, e pernas, viu as centenas de símbolos luminosos com os quais sonhara. Gritou angustiado, e saiu correndo para fora da oca. Eu estava muito assustada, e escondi-me sem querer olhar mais para ele. Espíritos malignos haviam-no possuído.

Arani reiniciou o choro, visivelmente perturbada. Hermes pressionou um minúsculo saquinho de pano em suas têmporas, e a índia aquietou-se novamente.

– O que mais aconteceu?

– Quando os guerreiros o viram, reuniram-se imediatamente com o cacique e o pajé para decidir o que fazer. Todos concordaram que ele havia sido atacado por algum espírito ou deus, mas restavam dúvidas quanto à natureza benigna ou maligna da entidade invasora. O pajé sugeriu que os guerreiros levassem-no para uma caçada na mata; o comportamento dos animais revelaria a verdade. Transtornado, ele acompanhou os guerreiros, mas todos os animais fugiam de sua presença. A floresta esvaziava-se de sons e de vida. Apenas as onças ousavam aproximar-se, na verdade, seguiam-no. Dois desses felinos atacaram um dos guerreiros que o acompanhavam, matando-o imediatamente. Os outros fugiram apavorados, abandonando-o sozinho na mata. Ao saber da notícia, o pajé preconizou que tratava-se de um terrível Anhangá, e o infeliz não mais poderia permanecer na tribo. O próprio cacique determinou seu banimento.

– Depois dessa caçada, alguém o viu novamente?

223

A ESCRITA DE DEUS

— Nos primeiros dias ele não se afastou da tribo. De noite, nós escutávamos seus gritos terríveis ecoando pelas árvores, pareciam espasmos lancinantes de dor. Eu quis ir lá ajudá-lo, devia estar com muita fome e frio, mas tive medo, medo demais. Hoje, sinto-me terrivelmente culpada, mas não sei se gostaria de revê-lo. Sua presença próximo da tribo começou a prejudicar terrivelmente a caça, pois nenhum animal ousava viver por estas bandas. Apenas as onças nos atacavam constantemente, mataram mais de um curumim. O cacique juntou os melhores guerreiros, e partiram todos no encalço do meu marido. Não chegaram a se confrontar, mas conseguiram afastá-lo da região. Há alguns meses, já nada sabemos dele.

Hermes levantou-se.

— Se você conseguir, tente casar-se novamente.

Arani também levantou-se, despediu-se do padre.

— O senhor vai atrás dele, não?

— Sim.

— Se encontrá-lo, diga que ainda o amo.

— Não.

Quando Hermes terminou sua conversa com Arani, reencontrou-se com o cacique.

— Padre, o senhor precisa de algo?

— Não, parto agora mesmo. [...], você agiu corretamente.

— Expulsando Anhangá da tribo?

— Não; não o matando.

Alguns dias depois, Arani desapareceu na mata e nunca mais foi vista.

13 DE OUTUBRO DE 1629

A perseguição tinha posto fim às últimas forças do velho padre. Embrenhara-se há meses pelos mais fechados trechos da

A ESCRITA DE DEUS

floresta, pelos mais complicados rincões de vegetação, sempre em busca da ausência de animais, à procura do rugido das onças. Não cogitava, entretanto, desistir – havia outras forças além das suas.

Ao longo do último mês sabia-se bem próximo do Anhangá. Os sinais eram claros, e mais de uma vez percebeu um vulto humano a metros de distância, por entre raios solares incidentes, escondendo todas as cores. Mas ele escapava, evitava-o, talvez pensasse em matá-lo. Tenso, Hermes não ousava dormir, nem sequer descansar. Morria de fome, e imaginava como seu perseguido fazia para alimentar-se dignamente, já que não havia animais próximos. Duvidava que ele devorasse a carne de onças.

Por sinal, não avistara nenhuma onça. Não as temia, mas tal fato levava-o a crer que o Anhangá tivesse alguma espécie de poder sobre esses animais. O que era de certa maneira um alento, pois, se realmente desejasse matá-lo, já teria enviado os felinos em seu encalço. Imaginava-o cansado, com medo, excitado com a possibilidade de contato humano, mas extremamente temeroso.

O coração da floresta silenciou. Hermes escutava apenas os seus próprios passos. Amedrontou-se, um medo de possibilidades. Tropeçou numa raiz, caiu com as duas mãos em uma poça de lama. Levantou-se praguejando, limpando as mãos na batina surrada. Deu de cara com uma onça imensa, dentes ameaçadores em riste. Que animais maravilhosos são esses felinos. O padrão de suas manchas é fabuloso, mágico. Hermes olhou-a nos olhos, contou-lhe a sua verdade. Passou a mão em sua cabeça, acariciando o pêlo macio. A onça ronronou feliz, e partiu em seguida.

Ele havia sido testado: se morresse, menos mau, se não, talvez merecesse contato. Hermes tentava imaginar qual seria

A ESCRITA DE DEUS

o próximo passo de sua presa, quando sentiu o bazar de cores às suas costas. Eram as luzes das quais Arani falou. Virou-se lentamente: no galho de um jutaí, lá estava o homem. Reto, imponente, acompanhado de duas jaguatiricas. Era forte e alto, incontáveis símbolos exalavam cores inimagináveis – os símbolos eram de cristal; seus olhos eram vazios, opacos de centenas de tonalidades ao mesmo tempo. Tinha algumas feridas que sangravam lentamente. Rugiu igual a uma de suas amigas, dirigiu-se a Hermes:

– Quem é você, homem branco, que persegue Anhangá?! Não tem medo dos espíritos malignos?!

– Homem branco? Onde? Você está me confundido com outra pessoa. Não sou homem branco coisa nenhuma, sou um Curupira, espírito do pensamento.

Anhangá torceu a cara, desconfiado. De um pulo só saltou da árvore, e aproximou-se de Hermes. Olhou-o de cabo a rabo, cheirou seu corpo como os gatos fazem. Sua presença era cegante.

– Você não se parece com um Curupira. Onde estão seus pés para trás? Sua cor o denuncia.

– Por acaso você se parece com um Anhangá normal?

– Não... – tinha grandes dificuldades para falar, rugia e chiava muito.

– Amigo, temos a forma que Deus nos deu. Nunca questionaria se você é realmente um Anhangá.

Anhangá acalmou-se. Tornou-se menos ameaçador, relaxou os músculos. Hermes tinha razão – era um coitado muito assustado.

– Bom, se você é um espírito também, acho que não somos inimigos. Você é um espírito do pensamento, e não um espírito bom, portanto, não me quer mal. Ou não?

– Não. Nada tenho contra os Anhangás.

226

A ESCRITA DE DEUS

– Mas porque você estava me perseguindo?

– Eu estava me sentindo muito sozinho, queria um amigo para conversar. Vi você andando por perto, e procurei-o para prosear um pouco. Tudo bem?

– Humm, tudo bem.

– Onde você mora? Posso ir com você até a sua oca?

– Não tenho oca, vivo pela mata. Venha comigo. Vamos preparar um local para dormirmos. Minha luz não vai atrapalhar, vai?

– Não, não vai.

Recolheram gravetos e madeira juntos, limparam uma clareira para dormir. Fizeram uma fogueira e assaram frutas para o jantar. Anhangá era bastante amistoso – na verdade, era apenas um índio como qualquer outro, sozinho, meio enlouquecido pelo suplício. Comiam juntos, conversando.

– O que você faz, Anhangá?

– Sou um espírito terrível. Assusto os índios, acabo com a caça de uma tribo; mando minhas onças atacarem mulheres e curumins. Vivo de frutas, e de alguma carne que minhas companheiras compartilham comigo.

– Então você é um Anhangá das onças?

– É, acho que sim. E você, Curupira, o que você faz?

– Sou um espírito do pensamento; conheço muitos segredos e mistérios; ajudo os outros.

– Conhece mistérios?

– Sim. Por exemplo: diga-me, por acaso você é um Anhangá desde sempre?

– Não sei, não me lembro. Acho que sim.

– Eu, veja só, já fui um homem. Quis tornar-me Deus, tornei-me um Curupira; tento ainda tornar-me Deus. Tente lembrar-se: você já foi homem?

– Sim, eu me lembro... um dia fui um índio, pertencia a

A ESCRITA DE DEUS

uma tribo e tinha uma bela esposa. Mas certa manhã acordei assim, como um Anhangá, não sei por quê. Você sabe por quê?

— Não, mas gostaria de descobrir. Não tem vontade de voltar a ser homem?

— Tenho, muita [...] Realmente, você sabe mistérios. O que você quer comigo?

— Quero ajudá-lo.

— Por quê?

— Aprenderei a fazer você. Curo-o. Torno-me Deus.

— Estou confuso.

— Apenas deixe que eu o ajude. Faça o que eu disser: eu o farei homem novamente; você me fará Deus.

— Não entendo.

— Apenas permita que eu o ajude. Quanto tempo for necessário; deixe.

— Como você poderia ajudar-me? Desculpe, mas nada sei da arte dos Curupiras.

— Diga-me: por que você fala como uma onça, rugindo e miando? Você sempre falou assim?

— Não. Há muito tempo converso apenas com felinos. Estou desaprendendo a língua dos homens.

— Quando esquecer a língua dos homens, tornar-se-á Anhangá para sempre. Você quer isso?

— Não, quero ser homem novamente.

— Posso fazê-lo lembrar-se de falar como um homem.

— Pode?! Faça, por favor.

— Confie em mim.

Hermes deitou Anhangá no chão e fechou seus olhos com os dedos. Pediu para que relaxasse e não tivesse medo. Pegou uma pequena pedra redonda, perfeita. Na Europa, pagariam toneladas de ouro por ela – há séculos tentavam produzi-la; inútil, faltava aos alquimistas certos minérios tropicais. Não era

A ESCRITA DE DEUS

tão útil quando teria sido em sua juventude, mas não se escusou de produzi-la quando descobriu sua fórmula gravada em uma lufada de vento. Roçou-a na testa de Anhangá, resgatando as suas memórias lingüísticas.

— Tente lembrar-se de quando conversava com sua esposa Arani.

Aguardaram alguns instantes.

— Tente falar agora.

— Posso falar normal? — falava perfeitamente.

— Viu? Agora pode falar como antigamente, como homem.

Anhangá sorriu, contente. Em seguida, entretanto, gritou loucamente. Contorceu-se de agonia, as luzes emanaram fortíssimas. No seu braço esquerdo, o símbolo ⚔ transmudou-se para ⚒. A transformação era lenta e gradual, uma reorganização dos traços, que inchavam e sangravam por todo o local, cristal remodelado provocando as terríveis dores acusadas por Anhangá. A luz apagava-se durante o processo, e reacendia a mesma cor ao término do suplício. Hermes jamais tinha visto nada igual.

Anhangá permaneceu de joelhos, chorando e rangendo os dentes até recuperar-se.

— Não se preocupe, não foi culpa sua. Já aconteceu antes.

— Já? Quando? Muitas vezes?

— Acontece de vez em quando. Dói muito. Você sabe por quê?

— Não, mas descobrirei. Vamos dormir agora. Acho que passaremos muito tempo juntos.

20 DE OUTUBRO DE 1629

Hermes permaneceu a semana inteira em silêncio. Anhangá observava-o curioso, sem ter coragem de perguntar nada. Ele

A ESCRITA DE DEUS

havia prometido que descobriria a causa de suas dores, e, de alguma forma desconhecida pelo índio, era isso que devia estar fazendo. Considerava-o um bom amigo, caçava para ele e mantinha as onças longe. Aguardava uma resposta.

De noite, trouxe um mico para o jantar. Hermes não tocou na comida. Parecia estar em transe, de olhos fechados. Na verdade, dedicava-se à conclusão de um longo processo mental. Quando Anhangá deitou-se para dormir, o padre abriu os olhos.

– Anhangá?

– Sim?

– Sei porque você tem essas dores terríveis.

– Por quê?

– As dores derivam da própria presença dos símbolos em seu corpo.

– Curupira, o que são esses símbolos?

– São a escrita de Deus. A língua de Deus. São você gravado na carne por fora.

– Por que dói?

– Lembra-se de quando mudamos o seu jeito de falar? O primeiro símbolo era a sua fala como onça. Você voltou a falar como homem. O segundo símbolo é a fala de homem. Quando muda algo em você, algum símbolo também muda. Por isso você sofre dores constantes.

Permaneceram calados por algum tempo.

– Curupira, para ajudar-me, eu terei que ser alterado? Muitos símbolos vão mudar?

– Sim.

– Não quero, não agüento toda essa dor! Prefiro ser Anhangá para sempre.

– Confie em mim. Prometo não fazer nada antes de descobrir uma forma de aliviar a dor. Daremos um jeito para que você não a sinta.

A ESCRITA DE DEUS

— Promete?

— Prometo. Vamos dormir agora.

Aquele sonho mudou algo no índio. Os símbolos em sua carne estão gravados em todos os homens, mas em algum outro lugar — talvez na alma. A mudança de cada um deles não gera dor no homem comum, mas, gravados na pele, torna-se insuportável. O sonho mudou o símbolo que mantém os símbolos na alma para um símbolo que transfere-os para o corpo. Conhecendo os símbolos é possível ser Deus, desvendar a língua da criação. Basta saber onde eles devem ser inscritos, inscritos com cristal. Onde forjar o cristal: eis a última etapa de toda a sua vida.

Anhangá não conseguia adormecer. Revirava-se na relva, assustado e preocupado. Acordou Hermes, queria conversar.

— Desculpe, mas será que nós podemos conversar um pouco?

— Tudo bem.

— Você disse que os símbolos no meu corpo são a língua de Deus, não?

— Sim.

— Você os entende?

[...]

— Você já é Deus?

— Não.

[...]

— Curupira, por que você quer ser Deus?

Hermes já havia adormecido novamente.

10 DE NOVEMBRO DE 1629

Os dias passavam rápido, havia muito o que ser feito. Hermes mergulhou na mata em busca de um remédio que

A ESCRITA DE DEUS

anulasse as dores de Anhangá. Combinou com o índio para que o esperasse na clareira em que tinham passado as primeiras noites juntos. Prometeu que voltaria, não importava quanto tempo levasse. Deveria ser esperado. Anhangá não quis concordar, não lhe agradava ficar sozinho depois de tanto desespero e desesperança. Temia que o Curupira jamais retornasse. Hermes acabou convencendo-o, argumentou que aquela era a única forma de ajudá-lo. Triste, Anhangá aguardava por Deus.

Hermes acabou encontrando a japicaí. Na verdade, redescobriu-a; aprendera a utilizá-la em viagens pelo sul, onde a erva entorpecente era muito utilizada em cerimônias religiosas. Certa noite, antes de dormir, teve a intuição de que a japicaí poderia ajudá-los de alguma forma. Fez diversas experiências, e concluiu que a liquefação da erva a certa temperatura produziria uma forte fumaça que, aspirada, inibiria qualquer sensação física, sem, no entanto, prejudicar totalmente o raciocínio e a capacidade cognitiva de um homem. Tentou a fumaça de vários modos, viciou-se, atingiu o calor e textura ideais. Recolheu quilos da erva (precisava aspirar a fumaça diariamente, além de utilizá-la com Anhangá – tentou livrar-se do vício com as fórmulas que conhecia, mas, estranhamente, não surtiram efeito; nem mesmo a pedra trouxe resultados) e voltou para junto de Anhangá.

Anhangá recebeu-o muito contente. Confessou que não acreditava que ele fosse voltar, mas não teve coragem de abandonar a clareira. Hermes explicou-lhe sobre a japicaí, preparou a infusão e ambos inspiraram a fumaça. Nesse dia, o padre feriu várias vezes o índio, que não sentia dor nenhuma e agradecia efusivamente.

232

4 DE AGOSTO DE 1630

A erva destruía as suas mentes devagar. Muito havia sido feito nos últimos meses. Hermes copiara todos os símbolos do corpo de Anhangá, registrava os novos que iam surgindo. Induzia pequenas mudanças por meio da pedra para perceber qual símbolo alterava-se, anotando em seguida que sinal relacionava-se com qual característica. Variou a cor dos olhos, a cor da pele, transformou Anhangá em mulher e em recém-nascido. O padre aprendeu boa parte da linguagem que buscou a vida inteira.

Descobrira inclusive qual dos cristais transmudara os símbolos para a pele de Anhangá. Poderia fazê-lo voltar ao normal no momento em que desejasse. Entretanto, jamais teria outra chance de desvendar o receptáculo original dos cristais. Mentia para o índio e continuava pesquisando. Mas eram pouco os resultados.

A escrita em si era infinita; cada símbolo tinha o potencial de outra linguagem totalmente diversa. Mas Hermes não necessitava do conhecimento pleno. Precisava apenas saber onde deveria inscrever seus símbolos, e então ele mesmo criaria a sua própria linguagem.

Mas os resultados escassearam. O último mês não reservou nenhum progresso, nenhuma descoberta. Hermes pressentia a morte. Não queria morrer, não tão próximo.

À noite, irritado, queimou muita japicaí. Aspiraram meses de fumaça de uma só vez. Anhangá caiu no chão rindo, gargalhando da própria sorte, de uma humanidade que sabia ter perdido e brincava de buscar junto ao Curupira. Tinha esperanças pelo amigo, que acreditava poder ser Deus. Talvez, uma vez Deus, Curupira o recriasse. Na verdade, os dois eram muito parecidos: não eram nem homens, nem deuses. Mas Anhangá tinha a

A ESCRITA DE DEUS

impressão de estar mais próximo de qualquer um desses estados do que o amigo.

Hermes foi dominado pelo efeito da fumaça. Desejou tê-la aspirado quando ainda era jovem. Sonhou que a consumira desde sempre. Não teve paciência de estudar, buscar conhecimento no corpo de Anhangá. Saiu vagando pela mata, bem profundo, cortando a vegetação em sua frente.

Chovia infernalmente. A fumaça escapava dos pulmões do padre e era respirada em seguida. Caminhava titubeante pelo chão pouco firme. Avistou ao longe uma onça. Os felinos haviam convivido com ele nos últimos meses, sempre junto de Anhangá. Haviam aprendido a respeitá-lo e a reconhecê-lo como um segundo mestre. Aproximou-se do animal e observou sua sublime pelagem. O efeito da japicaí forneceu o impulso intelectual final do seu sonho. As manchas da onça eram negras e firmes, incrivelmente belas. Tocou-as: eram cristal; olhou-as: emanavam luz.

Gargalhou obscenamente: teve a impressão de já ser um Deus. Deitou a onça e a fez dormir. Mergulhou o facão no crânio do animal. Cortou-a, arrancou todo o couro da jaguatirica. Observou o avesso. Lá estavam os símbolos, os símbolos da onça, tão belos, tão excelentes que refletiam na magnífica pele do gato. Oh, espetaculares animais, por isso associavam-se ao seu igual, tratavam-no como irmão: era como vocês, tinha as marcas, o ser, à vista de todos, para ser contemplado. Delirava.

Os símbolos deviam ser inscritos no lado de dentro da pele; eis o segredo: assim Adão foi feito. Restava checar, restava checar. Insano, voltou para a clareira. Encontrou Anhangá rindo baixinho, quase dormindo. Aproximou-se dele, pediu perdão e agradeceu-lhe. Decepou-lhe a cabeça e arrancou seu couro: no avesso, lá estava a pele normal de um homem. Gritou extasiado: eu sou Deus! Deus!

A ESCRITA DE DEUS

Dançava em volta do cadáver, exultante. Obrigado, Anhangá, obrigado! Diminuiu seu estupor, deparou-se com o amigo morto. Arrependeu-se. Teve pena. Era Deus: seu primeiro ato divino seria recriar o amigo, aquele que possibilitou sua ascensão. Tomou o couro em suas mãos, do avesso. Começou a rabiscar os símbolos com a faca. Eram complexos, não sabia exatamente onde dispô-los. Manuseava suas anotações na chuva, perdeu vários papéis. Não tinha certeza da relação correta entre os símbolos. A estrutura estava errada, era impossível imaginá-la totalmente, inteiramente. Desconhecia a natureza de Anhangá. Nada sabia do âmago.

Faltavam os cristais! Não possuía cristais.

Desesperado, falhava em recriar Anhangá. Tomou o couro nas mãos, dilacerava-o entre lágrimas. Era Deus, era deus.

O som terrível da chuva abafava a mata. A japicaí nulificava os sentidos. Delirante, mal percebeu os olhos brilhantes que espreitavam, os corpos volumosos que se arrastavam; num momento, garras afiadas o rasgavam, mandíbulas ansiosas o devoravam; os felinos bebiam-lhe o sangue, vingavam seus irmãos.

No derradeiro instante interminável, sob os vapores inebriantes da japicaí, enquanto as jaguatiricas o devoravam, Hermes sonhou que aquele era o momento definitivo em que seu poder se consolidava, a primeira celebração de uma nova era, o nascimento do mito.

O relâmpago iluminou a mata. O trovão sacudiu o chão e os seres. Na atmosfera eletrificada, perdidos na fumaça feérica, cristais brilhavam, diamantes resplandeciam.

O Deus sorriu.

Título	A Escrita de Deus
Autor	Wilson R. Theodoro Filho
Capa	Negrito Design
Editoração Eletrônica	Aline E. Sato
	Amanda E. de Almeida
Formato	14 x 21 cm
Tipologia	Minion
Papel de Miolo	Pólen Soft 80 g/m^2
Papel de Capa	Cartão Supremo 250 g/m^2
Número de Páginas	235
Fotolito	Liner Fotolito
Impressão	Lis Gráfica